携清风拥抱未来，让清正廉洁的种子，在孩子幼小的心灵中发芽长大，让青春激扬的梦想写满诗和远方……

王纪峰　主编

# 风起于青蘋之末

全国廉政主题
微小说大赛获奖作品辑

山西出版传媒集团　北岳文艺出版社
· 太原 ·

风起于青蘋之末

# 目 录

**风·梦**

日·春

**路·花**

# 风·梦

无形
却有曲直
无声
却有喑鸣
无色
却有清浊
无温
却分冷暖

风，其实是
一座没有文字的碑
一支永不停歇的歌
一条四季流淌的河
一柄感知凉热的伞
碑文就写在田野上
歌声飘荡在云端里
河水透彻于人的目光中
好雨滋润着好时节

——王纪峰

# 白大爷

白大爷已经好长时间没吃肉、没喝酒了，走在路上看到卖肉的、闻到酒香，他的口水直往外流。

白大爷觉得村里的干部们挺鬼的，自从出台了"八项规定"，拆掉了村部的小食堂，上级来人也不知道到啥地方去招待了。

白大爷下了决心，不管钻到哪里，我也要找到你们吃吃喝喝的"窝点"。

天刚蒙蒙亮，村头好多年没响过的大喇叭就响了起来，通知村民到苹果实验基地，因为十点钟乡里领导要来检查果树病虫害防治情况。白大爷不屑地骂一句："农民摆弄了半辈子果树熟练得很，要你们瞎操心？全是形式主义。"反过来又一想，暗喜："今天村里的大喇叭真是帮了我的大忙，乡里来干部，肯定要招待吃饭吧？"于是，白大爷赶忙起床，喝点稀饭，急匆匆来到村口转悠。

白大爷本来不姓白，他姓赵，叫赵奇，年近六十了还是光棍一条。一提到媳妇孩子，赵奇心里就酸酸的："人不能穷呀，穷了连媳妇孩子都养不起。"赵奇说的是真话，二十多岁时，他曾经有过一个漂亮的媳妇，生过一个丫头。那时，包产到户，各干各的，赵奇身体不好，几年下来债务累累，家里穷得叮当响，媳妇孩子连一件像样的衣服都没有穿过。

在一个风雨交加的夜晚，媳妇带着孩子跑了，这一跑就是三十多年，音信全无。

白大爷从此萎靡不振，不修边幅，饥一顿饱一顿，东转转，西看看，几乎天天喝酒，晕乎乎大部分时间坐在村中央的大槐树下，三十岁的人看上去像一个老头。村里孩子见了他喊"爷爷"，他慢慢也就习惯了，爷爷就爷爷吧。

他觉得好事来了，村里建了个小食堂，专门招待"上面"来的干部，平时村干部也在这里聚餐。还是村里的会计看他一个人没地方吃饭，可怜他，就叫了他一次。谁知，这一叫不得了，以后的日子里没人喊他他也来，成了义务"陪客员"。赵奇有一个口头禅："我来晚了，自罚三杯！"然后自斟自饮三杯酒。开始吧村干部还热情点，也还会给领导介绍一下赵奇，后来他总是不请自到，反客为主，弄得大家啼笑皆非，但又没有一点儿办法。

赵奇白吃出了名，就有人叫他赵白吃，孩子见了改口"白大爷"。"白大爷"喊得村里男女老少人尽皆知。

赵奇也欣然接受，谁喊白大爷他都很爽快地答应。

大约九点钟吧，白大爷看到村主任陪着两个瘦高个领导模样的人来到了苹果实验基地，手在空中比画着，并拿着工具干了起来。远远看着，这两个乡干部挺能干的。白大爷心想，现在的干部怎么什么都会呀。他坐在阴凉地方等着他们干完活，好陪着一起吃饭，反正这顿饭不能耽误了。白大爷时不时用眼睛往苹果地里瞟一下。

太阳火辣辣的，白大爷在阴凉地儿都坚持不住了，却见领导和村干部还是没有停下来的意思，尤其是那乡干部，还边干边讲，有苹果园的村民还不断给他鼓掌，说讲得好。十二点都过了，白大爷肚子咕咕叫了一阵了，这时才看见他们要收工。村民们都走了，剩下村主任伍文带着乡干部也往村里走。

于是，白大爷跟随其后，看到他们进了伍文的家。白大爷恍然大悟：原来上级来人改在家里招待。用公家的钱，装自己的门面，真是不要脸！

白大爷心里骂着，三步并作两步跨进了伍文的家。见三人已分三面坐定，桌上摆着一盘红烧肉、一盘炒鸡蛋、一盘麻辣豆腐、一盘烧莜麦，还有一大盆冬瓜排骨汤，显然没有以前的丰盛。

伍文一见他便打招呼："大爷吃了没？"

"没有哩……"白大爷好长时间没有混上饭局了，今天有点拘谨。

伍文赶紧招呼："那就一块吃吧。"

"怎么没酒呀？"白大爷低声说了一句。

两个乡干部赶快说："哦，我们不喝酒的。"

"无酒不成宴嘛，伍主任，我出去买酒去？"白大爷是多么想喝点酒，他为了今天这顿饭不容易呀。

伍文起身到家里拿出一瓶酒："大爷，您慢慢喝，我们都不喝酒的。"

"少来点吧？"白大爷看着乡干部很真诚地说。

乡干部同时解释："大爷，您喝吧，下午我们和伍主任还要去地里，活还没干完哩！"白大爷站起身取酒杯时被伍文拦下了："大爷，他们说的是真的。我给你介绍一下，左边这位是李副乡长，右边这位是高副书记，他们两位分管农业技术。"伍文同时给乡干部介绍："这位是我们村的白大爷，哦不，我说错了，是赵大爷。"

两位乡干部同时起身："赵大爷好！"

"都好。"白大爷很尴尬的样子。

还是伍文打破尴尬局面："好，咱们三个吃饭，大爷你慢慢喝。"

吃饭期间他们三个还是讨论苹果树的一些技术问题，你一句他一句，白大爷根本插不上话。那就自己喝酒，今天的酒很奇怪，一口喝下去，一下子辣到喉咙、胃、肠子，白大爷觉得不是那个味儿了。

他们很快吃好了饭："赵大爷，您慢用，我们走啦！"

白大爷觉得耳朵嗡嗡响，他对这个称呼很陌生。哎，十多年没人这么称呼他了。迷迷糊糊中，白大爷看到李副乡长和高副书记每人往吃饭桌上放了一百元钱。

作者简介

　　李亚民，河南省灵宝市人。中国作家协会会员，三门峡市作家协会副主席，灵宝市作家协会主席。河南省文联第八次文代会代表。1988年开始发表作品。《花开之声》获得三门峡市委宣传部"五个一工程"奖；长篇小说《红绣荷》获得三门峡市委宣传部第二届文学成果奖，又获三门峡市委宣传部"五个一工程"奖。《甄别》《合同工》《黄河岸边蝴蝶飞》《血浓于水》等六十余篇小小说收录于各类年度读本。创作文学作品三百余万字。

# 浮沉日记

### 1993 年 12 月 14 日　大雪

睁开眼睛抓过寻呼机，上面有一行东伟的信息："速回电话。"电话打过去，东伟急火火地说："哥们儿，我马上要去开会了，话不多说，我徒弟昨晚抓了一伙吸毒的，你赶紧过去采访一下他吧。"

东伟是我高中同学，工作后当了警察，我在报社当记者。东伟脾气比我还坏，在一个派出所待了八年才在政治处当了个可有可无的副主任，现在唯一让他骄傲的是他有个很牛的徒弟张洪军。

我的"北京 212"连咳带喘来到爱东派出所，纷纷扬扬的雪花中，见洪军胳膊吊着绷带和两个老太太在大门口说话。岁数大的轻抚着洪军的伤臂哽咽着说："张所长，你可不能有事啊，我们这旮旯没有你，有个大事小情的谁给做主啊……"张洪军红着眼圈说："放心吧王大娘，下次我会注意的。"见我走过来，洪军脸上马上堆起了笑容："您好李老师，给您添点麻烦，我这车都出去了，这大雪天深一脚浅一脚地不好走，您把两位大娘送回去行吗？一会儿我请你涮羊肉。"

上了车，王大娘问我："小伙子，你是记者吧？"我从反光镜里瞥了老太太一眼："您怎么知道？"老太太说："张所长叫你老师，可你头发这么长也不像老师啊。"我笑了："您跟张所长学会推理了呀。"老太太笑了，很开心："我说小伙子，你可得好好写写张所长啊，现在这样的警察、这样的干部、这样的党员可不多呢。"我反问："怎么就不多呢？"老太太说："远的不说，我身边的小吴，孩子在国外援建铁路，他老伴半身不遂，全靠张所长和派出所这些孩子照顾呢。"

回到派出所，我望着张洪军的伤臂问："骨折了？"洪军一只手搓搓疲惫的脸："没事，小臂惊纹（骨裂）了。"我又问："又是第一个冲上去的？"洪军叹了口气："弟兄们上有老下有小的，就我没负担。"轮到我由衷地叹气了："知道吗兄弟？你让我重拾了希望。谢谢你。"

### 1994 年 1 月 13 日　晴

来到"东来顺"，包房里只有张洪军一个人，我诧异地问："就我们俩？"洪军习惯性地一只手搓了搓脸："原本想找我师傅来着，可今天我俩有些话他需要回避，所以，就我们俩。"我心跳加速了："东伟……怎么啦？"洪军笑了："没那么严重，最后再说他。"接着，他把一个档案袋推给我："小哥，这是你给我写的稿子，十分感谢！我没什么改动的地方，但我有个建议，发表前你去趟分局，让我们廖政委把把关。""这个没问题。"我收下稿子道，"该说东伟了吧？"洪军说："我师傅的事还排不上，咱俩边吃边聊。"

肉和菜在陆续上，洪军受伤的左臂还不敢用力，我帮他调好佐料，拿出香烟的时候，他摆摆手："我戒了。"我自己点上说："你休息没准点，不全靠香烟提神吗？"洪军摆摆手："我不是包拯，也不是柳下惠，但我可以不给送礼的和某些女人机会。"他欠了欠屁股调整了一下坐姿继续道："小哥，我把你的大作《我的中国情人》读完了，说实话，我已经很久没有读书了，坐不下来，也没耐心读书，读你书的动力当然是因为这书是你写的，可读了一半我哭了，我不得不重新认识你、尊敬你。你、我、我师傅都是农民的儿子，基本的淳朴我们还必须保持是不？"我点点头："东伟……犯了哪条戒？""他在治安大队时，和一个烟贩好上了，那女人要他离婚都闹到局长那里了。"我想了想："还没闹到不可收拾对不？"洪军端起酒杯和我碰了一下："贩烟这事本来就敏感，两个女人撕起来不管不顾的，结果难免就是大象进了瓷器店啊。"我叹了口气："你们都劝不了他是不？"洪军说："我刚工作时就是齐东伟带着我，我这师傅业务能力没得说，就是这脾气酸臭酸臭的，总以为是谁在害他。"我说："好，我去骂他！"

### 1996 年 8 月 5 日　大雨

廖政委退休没几天就因为心梗去世了，刑警支队副支队长张洪军给我打电话，问我去不去送政委一程。我说得去啊，老头帮我不少忙呢。

殡仪馆最大的告别厅门还没开，外面开始掉雨点子，熟悉的人撑着伞仨一群俩一伙地聚在一起聊着天。这时候我发现了一个没有撑伞的人，那身影既熟悉又落寞，在一棵松树下越发显得孤单。雨越下越大，我心颤抖了一下，迈步向他走去。这时候，一柄黑伞罩在了那人头顶，而撑伞的人开始替他迎接大雨的袭击。

对，伞下的人是我的老同学，因女人和其他原因被免职的现在分局看守所当普通民警的齐东伟，撑伞的是他徒弟——市刑警支队副支队长张洪军。

### 2010 年 5 月 11 日　晴

东伟大清早给我打电话，说老分局几个人要去沈水县看张书记，要我一起去。我说我一城市待业人员，就不跟你们凑热闹去了。东伟说你还那样，清高能当饭吃啊？人家洪军可是一直念叨着你呢，跟我们去吧。按洪军现在的能量，你去他手下当个什么文化馆馆长还不行啊？

想了想自己现在的窘境，我咽了口唾沫说："好，我去。"

在沈水县委会客室等了半个多小时，洪军拿着个笔记本走了进来，和每个人热情地握过手，最后和我拥抱了一下："李老师，十多年没见了，还好吧？"东伟大咧咧地多着嘴："李老师现在……"我赶紧接住了东伟的话头："谢谢张书记挂念，我很好。"

洪军热情洋溢地介绍了一下沈水县的发展形势，眼睛放着光道："各位都不是外人，有好项目不管大小都想着往沈水这拉啊！等沈水发展壮大了，我一定给各位在秀水湖边树碑立传！"东伟说："说到树碑立传，李老师那可大有作为了。"

洪军眼中复杂的目光一闪即逝："李老师这大笔杆子怎好麻烦，关键时候给我们把把关就行了。"

回到市内，车上只剩下我和东伟的时候，他气鼓鼓地跟我说："给你机会都抓不住，真是烂泥上不了墙！"我淡淡地说："他叫我李老师的时候，我就知道不敢麻烦人家了。""你们这些人就是事多，那么多人，不叫你老师叫啥？避嫌懂不懂？"我说："停车，让我下去！我们肩膀已经不一般高了，以后大家就不要往一起聚了！包括你在内！"

**2016 年 3 月 2 日　阴　有零星小雪**

今日各大媒体均报道：2016 年 2 月 2 日，沈水市原副市长、市公安局原党委书记、局长张洪军因受贿罪被判处无期徒刑，剥夺政治权利终身，并处没收个人全部财产。

……

**2020 年 9 月 11 日　阵雨**

邻市监狱，在接见室等了十多分钟，张洪军被带了进来。曾经意气风发、呼风唤雨的人物，这会儿头发花白、面容憔悴、身着囚服卑微到了极点。

在狱警的示意下，洪军快步来到我跟前，他眼里闪出一丝亮光："李、李老师？"我鼻子一酸哽咽着道："洪军，你还好吗？""还好，还好……"

一时语塞，竟然不知该说些啥。张洪军调整了一下状态，习惯性地介绍着自己的现状："这半年心脏不太好，我就被安排到图书室做管理员了，刚好这里有一本《我的中国情人》，又翻来覆去看了好几遍。""嗯，东伟来过没？"洪军耷拉下眼皮："来过，每年都来，他是我师傅……他自己说的，他没带好我。""他没跟你说我俩吵架的事？"洪军惭愧地回答："说过，对不起，没能给你及时帮助。"我从双肩包里拿出两本书："这是我新出版的，外面的人已经没人读这样的小说了，你有时间，读完多提提意见。"洪军接过书，满脸欣喜："谢谢，这份礼物太珍贵了。""羡慕不羡慕我现在的生活？"洪军叹了口气眼圈红了："很羡慕！说实话，前几天失眠还在想一个问题，我当初真的帮了你，也许会把你带进沟里；若一直给你当兄弟，也许走不到今天这个地步。"我点点头："前几天去看东伟，他头一次说了一句很正经的话。他说他和你结局不好，都是贪欲太多导致的。"洪军很敏感："我师傅他怎么啦？他、他今年没有来……""脑血栓，病休了，走路不行，大脑还好用。"洪军稀溜溜倒吸一口气，眼泪就下来了："回不去了……"我说："回得去，我在农村整了二十亩地，一个鱼塘。等你再减几年刑，出来了我们一起去种地。你说过我们仨都是农民的儿子，种地应该不会比别人差的。"

会见时间到了，分别的时候，张洪军叫住了我："得势的时候从没想过你，进来后想得最多的人却是你。谢谢你，小哥……"

作者简介

李敬新，辽宁省沈阳市人，辽宁省作家协会会员，农工党沈阳画苑理事，沈阳市东方画苑理事。

# 书生意气

从大学毕业到现在，已经二十多年了，自己在副主任的位置上也待了有近十年，马上就过四十五周岁的坎，估计这应该是自己人生的最高点了。

泡了一杯茶，他摊开了两腿，把身子陷进摇椅里，他有些累，想歇一歇了。

这些年，除了写稿子，还是写稿子。给自己写，给别人写；顺心的写，不顺心的也写；该他写的写，不该他写的也写。写过的稿子和抽过的烟，都留在了泛黄的岁月里。

手里的茶杯和杯里的茶都是领导送的。

领导总说："小刘，好好干，你的付出我都看在眼里，你是个有才华的人呀，组织不会埋没你。"

每一次，自己从领导那里出来，都晕乎乎的，像打了鸡血一样，做起事来更拼命了，熬到夜里一两点的情况越来越多。

领导说了，这茶他自己都不舍得喝，送给小刘，是看重小刘这个人。

他越发动力十足，这茶，他也不舍得喝，一般总是在办公室来人的时候，取出来招待来客。他总是很巧妙地流露出这茶是领导送的，隐隐有一种自豪感。

士为知己者死！他是一个书生，信奉这个。

似乎每一任领导都很赏识他，都是他的知己，一年又一年，他的心情起起伏伏，到最后都是干劲十足。

茶烟袅袅，模糊了他的眼镜片。

再不喝，这茶就要发霉了。

昨天晚上和好友老李一块儿喝酒，是的，是老李，自己也已经由小刘变成老刘了，新来的领导比自己年轻，一见面，叫的就是老刘。

"老李，你说，我这人怎么样？"他喝得有点高了，心里还是很清楚的。

"你？你是个好人，是个有才华的人。"

"可是，你说的这个好人，有才华的人，在副主任这个位置上待了九年了。"

"这让我怎么说呢？"老李摇摇头，和他碰了一下杯子。

"怎么说？实话实说呗，咱们俩，你还有什么顾虑？老李呀，前一段我也写岗位申请了，你知道吗？领导都答应我了，会考虑我的情况的，这么些年，我没功劳也有苦劳啊，可是，为什么……"他说不下去了，甚至有一些哽咽，推了推眼镜，低了头。

"老刘，你呀，书生意气呀，这么多年，你最可悲的，就是书生意气没有丢啊！"

他心里一震。书生意气？

"你说你，那一年，领导都拍了板，全力推动南街村拆迁工作，你非要指出来南街村情况复杂，要多斟酌，慎重行事，你都没看见领导那脸色？还有那一年，领导家里有喜事，大家都喜气盈盈的，跟着忙前忙后，你倒好，就那几天请假去看病。还有那一回，大家商量好上级来调查的时候统一口径，结果你嘴一秃噜，该说的不该说的都说了。你们领导和我提起你的时候，那可真是一言难尽啊……岗位调整，你竟然寄希望于申请书，写申请书的时候还因为个别句子找我商量，我都没法说你，这二十年官场啊，你白混了！"

他渐渐回忆起老李说的这些事来，又想起来自己的申请书写得有多么情真意切，写的时候，自己好像还掉了几滴眼泪。这就是书生意气吗？

他想，也许，在别人眼里那申请书也就是一个笑话而已。

"老李，我不会，我也不想……"

"好了好了，都这么大年龄了，改也改不成了，是你的就是你的，不是你的，不要也罢了。"

他晃了晃脑袋，说这话的老李有点像哲学家。

不，老李不是哲学家，是社会学家。老李不在政府工作，却比自己混得还好，自己的领导经常和老李称兄道弟的，自己能有老李这个兄弟，靠的是穿开裆裤时的交情，老李能和领导称兄道弟，靠的是他的本事。

"你说得对，老李，有多大肚子吃多少饭，我还是继续在这个位置混下去吧。现在啊，混了一身病，糖尿病、心脏病、高血压，唉！"

他又说起自己曾经遭人诬陷贪污几百块而被审讯的事。

几天几夜不能睡觉，人差点都崩溃了，得亏自己什么亏心事都没有做，出来又回到了原岗位。

这么一想，他又觉得自己这半辈子最起码是清清白白的，没有什么不好。

"你说得对，很对。"老李喝得舌头都大了，拍拍他的肩膀，他不知道老李说的是醉话还是真话。

也许，老李是看不上自己的吧，他手里的茶有些凉了，就把身子坐直了，把茶杯放到桌子上，那茶汤的颜色看起来比刚才深了许多。

"你考虑得怎么样了？别再拖了，咱们拖不起！"

是妻子发来的微信。

他重又把身子陷入摇椅里。目前还有一个岗位没有明确人选，虽然和办公室副主任平级，却比办公室副主任清闲，妻子让他给领导送礼活动一下，不求再升职，求个清闲保养一下身体也行啊！

"老刘，我刚到任，情况都不熟悉，政府办这一块儿，要靠你了。"前几天，新来的领导亲手给他泡了一杯茶，那茶水滚烫，他端在手里，像是捧了一个火炉，那种"士为知己者死"的感觉又来了。

他想，也许自己不适合清闲。

他忽然有些厌恶自己，觉得自己的心，就像这茶，滚水一泡，就开了。

打开手机，想要给妻子回个信息。

不知道碰到了哪里，忽然一则消息蹦出：现任 ×× 省 ×× 部长、×× 市前市长 ××× 近日落马，拔出萝卜带出泥，×× 市政府多人在调岗后被批捕……

他呼吸一滞，这则消息披露的名单，他太熟了。悄没声响地，这些熟人高升了；悄没声响地，这些熟人落马了。

悄没声响地，几天后，他接到了调任通知，比他现在的岗位高半级。新领导拍着他的肩膀："老刘啊，你知道你身上最可贵的是什么吗？"

他眨巴眨巴眼睛："是什么？"

"是你的书生意气一直没有丢啊！"

作者简介

姜丽，常用笔名：只留阳光。河南省长垣市人。2018 年正式开始写作，作品散见省市级刊物。

# 被遗弃的干妈

一日上午，张局长步行从县城大街上经过时，突然看见一个衣服脏兮兮的老大娘坐在街边的地上向行人乞讨零钱。张局长心想，老大娘家准是有什么大困难，不然何以显得如此寒酸，在此向人乞讨呢？

张局长便走近老大娘问道：大娘，你家里还有什么人？

那大娘瞪着两只昏花的老眼，看着眼前这位陌生的干部，好半天才说：俺家就剩下一个跛足儿子了。俺在家还指望儿子伺候俺哩，这不，出来要几个零钱自己花销，也不拖累儿子了。

张局长听老大娘这么一说，顿时动了恻隐之心，就近叫了一辆出租车，说要和老大娘一起到她家走访一下。

老大娘家离县城不远，张局长来到老大娘家，果然见有个残疾儿子。经了解，他是从小患了小儿麻痹症的，因此没有什么劳动能力。张局长想，一个残疾人怎么能养活一个老母亲呢？又想自己从小就没了爹妈，于是当场认老大娘为干妈，表示愿接回家中赡养。

老大娘见天上突然掉下个当干部的干儿子，高兴得老泪流了下来。那跛足儿子亦激动地说：你真能养活俺妈，就是俺的救命菩萨。

就这样，张局长把干妈领回家赡养起来，而那个跛足儿子后来享受了国家"五保户"的待遇……

张局长关心民瘼、体恤民情、认老大娘为干妈的事儿不胫而走，霎时间就传遍了县城各个单位，于是张局长美誉四溢，也因此受到上级领导的表彰。

但也有人非议，张局长是在作秀，是为自己升官发财捞取政治资本哩。

也有人说，养个老人谈何容易！说不定张局长啥时又把人送回去了。

人们议论归议论，而张局长夫妇把干妈手脸洗得干干净净，衣食住行照顾得周周到到，如亲生母亲一般看待。

然而，干妈在张局长家不到三个月，却突然患病住进了县医院。

张局长的干妈住了医院，下属各官员以及各方面有关系人员到医院看望看望也在情理之中。可看望张局长干妈总不能两手空空呀！虽说当前正反腐倡廉，但上面有政策下面有对策，因此，有些下属和有关系人员带着或多或少的现款，暗暗到医院去看望张局长的干妈。

可是呢，这些捷足先登者们来到张局长干妈住的病房，竟一下惊呆了！

但见张局长干妈躺在病床上输着液，而床头哪里有张局长夫妇的身影？倒见有一个护士在伺候着，而旁边还有一个跛足男子坐着。

跛足男子见有人来看望妈，就告诉他们，俺妈病了，张局长说不认这个干妈了，把俺叫来到医院伺候哩。

噢，原来如此！

张局长出尔反尔，早知今日，何必当初呢？

不过这倒省事，既然张局长不认这个干妈了，下属和各方面有关系人员也自然没必要暗暗送礼了。

于是乎，张局长又成了县城各机关干部议论的风云人物。

有的说，张局长果然是在作秀，受到了上级表彰后，早想把干妈甩了，这不，正好有了这个借口。

也有的说，张局长见干妈病了是个大累赘，打了离身拳！这下庐山真面目露出来了吧……

甚至有的说，张局长也够狠心的，干妈病了，就忍心像踢足球踢给了她残疾儿子。

然而，就在人们的议论沸沸扬扬的过程中，被张局长甩了包袱的干妈康复出院了，并且让人们万万没料到的是张局长夫妇亲自把干妈接回家又赡养起来。

这下人们就大惑不解了，个个傻瞪着眼，不知张局长葫芦里卖的什么药。

不过，有消息灵通人士从跛足儿子口里终于探得了实信。

原来在张局长干妈入院那天，张局长就对干妈的跛足儿子说，你到医院坐在妈跟前就行，至于伺候照料，我早已给医院护士安排好了。如果有人来看望，你就说妈已经不是我干妈了。

跛足儿子还说，住院治疗的一切费用也是张局长全部付的。张局长并告诉他，干妈出院后我还要养的，并且要为她养老送终哩！

至此，张局长的一番良苦用心，让如坠云雾之中的人们才猛然省悟了……

作者简介

胡喜果，山西省稷山县人，大学专科学历。酷爱文学，散文小说诗歌在省、地、县各类报纸发表二十余篇。著有《家乡杂记》《小花》。在各平台发表文章近千篇。

# 天　职

　　摁了母亲的手机，刘军坐床上用手死命按住自己抖动的腿，他从小就有这习惯，一遇急事，腿软腿抖得站不住。他命令自己镇定，慢慢让自己的心平复下来。

　　走出宿舍，他看了看天，这是深秋的天，湛蓝湛蓝没有一丝云彩。他想，多美的天啊，可我家的天塌了。军营里静悄悄的，柳树下草丛里的蛐蛐鸣叫着。记得去年大学刚毕业父子俩还上山逮蛐蛐，今年他临行前父子俩还上了回山。他已穿上了检察官服，他们没有逮蛐蛐，只是听着蛐蛐的叫声。父亲说：军，你是检察官了。他说：爸，这是我从小的梦想。父亲说：好，好好干，为家里争光。

　　听着蛐蛐叫，他想起了家乡，更想到了家。父亲，你在哪里啊？

　　军号吹响，下午的集训开始，刘军老是出错，不是迈错了腿，就是胳膊甩错。教官训了他好几回，班长问他是不是身上不舒服。休息时，班长走过来："刘军，你虽为检察官，但咱们现在就是军人。"刘军点点头，他很感激班长，他俩是同乡，他能看出班长对他格外关照。班长问："你给我说实话。你心里有事我能看出来。"刘军想流泪但忍住了，他说："班长，我问你一个问题，家事和国事哪个大？""你说呢？"班长看着他："国家，国家，有国才有家啊。"他点点头。"我和教官说说，你下午就休息吧。"班长说完要走。刘军也站起来。班长说："回去休息吧，我看你不在状态上。""不用，我虽为检察官，现在集训就是军人。"刘军转身就走。

他打通了母亲给他的手机号，有人接起。他说："爸，你现在在哪里？"手机里沉默着。他说："爸，你去自首。"手机里叹了口气，还是不说话。他说："爸，你好糊涂啊，你一个老共产党员，一个厂长，怎么就想起和人合伙贪厂里的钱啊？"手机里哭起来，还是不说话。他说："爸，我身为检察官，我陪你去自首，争取国家宽大处理。"手机挂断了，父亲把手机挂了。他感觉到父亲在恨他。他看着班长。班长说："你做得对。这是你的天职。"旁边在监听的警察说：我们已锁定了手机位置，我们的人已过去了。

晚上下起了雨，一层秋雨一层凉。天不是凉是有点冷了。班长说："睡吧，不要难过了，说到底咱们也是为了他好。咱们连长问了，警察说你协助了警察，你父亲也算是自首。"刘军说："这是我的天职。"

作者简介

牛云保，现居阳泉，山西省作家协会会员。

# 杨镇长喝汤

壶镇突然盛行起喝羊肉汤。

雨有病似的一场接一场，把壶镇的冬天早早招来了。气温直线下降，冷风灌得人秋衣还没脱羽绒服直接上身了。城隍庙街"壶中天"羊肉汤馆客人进进出出，鲜红的招牌覆盖大三间房的门额，醒目得很。到壶镇不喝一碗羊肉汤，算你白来。

大大的厅里一排排实木桌子配两条大板凳，四周挂红色喜庆门帘的都是雅座。壶镇人来了直接坐厅里，十几种药材熬制的奶白色的汤汁底下卧几块红红的软烂的羊肉，师傅往翻滚的大铁锅里丢一根麻花和烧饼，舀上一勺油泼辣子，这感觉就来了。大家彼此认识，有说有笑，比会场还会场。完了个个热汗直冒，每一个毛孔都暖暖的。有讲究的人来了则先入雅间。里外布置相似，但氛围完全不一样。雅间安静，还避嫌。

杨镇长是雅间里的常客。他喜欢喝羊肉汤，隔三岔五来一回。和他一起来的还有司机小胡。小胡是杨镇长朋友的儿子，镇长去哪里都带着他。

杨镇长三十多岁，去年春天从团委调过来。他个子不高，白胖胖的脸上戴着一副茶色眼镜。每次来了跟大家打个招呼就进雅间。厨师是壶镇人，叫李海生。看见杨镇长光临马上用一只特制的青花瓷大碗捞出两块羊大腿肉，配上两块羊肝、羊血、羊肠，撒上葱花香菜亲自端过去。等杨镇长吃得差不多了，赶紧在大锅里泡半根麻花，半只烧饼，小短腿紧跑几步，热乎乎舀给杨镇长。然后李海生就陪着不出来了。杨镇长喝羊肉汤不掏钱，还很挑剔。有时说肉煮得柴了，有时说羊血膻味大，还说辣椒油太多，麻花酥过头。李海生不火不恼，总是点头哈腰送出门。

等下次再来，李海生依旧亲自端上那么一碗，问杨镇长比上次咋样。杨镇长翻着眼睛仔细品味，好像羊汤是酒，总能挑出毛病，说这回羊肠没有洗干净。吃完还是不掏钱。

也难怪，壶镇这地方背靠吕梁山，田地都是坡，越往上越高，常年旱得要死，一下雨庄稼顺水流。这一段山也邪乎，别处靠山吃山，不是有矿就是有林，可这破山除了草啥也不长。以往县里干部来壶镇任职跟发配西伯利亚似的，待上一届就找关系调走了。

据说杨镇长是山西农大毕业的，在团委干了三年，调到壶镇。来到"西伯利亚"先上山考察。村民背后捂着嘴笑：当别人是傻子，有门路我们早发了。杨镇长去了一趟内蒙古，引进一批黑山羊。反正村民没钱也没路，就去商业银行贷款养羊。一年下来，壶镇后山跑的都是黑山羊。

李海生的羊肉汤做了两年多。起初，镇长天天带司机小胡喝羊肉汤。喝了三个月，杨镇长给店起个名叫"壶中天"，再也不来了。

后来"壶中天"老板开了两个分店，买了真空机，给羊肉汤高温杀菌，包装袋打上保质期和配料说明，把羊肉汤搞成了外卖半成品。"壶中天"上了淘宝网和美团，搞线上销售，打出了品牌。

壶镇的羊多了，羊肉汤馆也多了，就连炸麻花的、做烧饼也火了。更奇怪的是，田里引进一种辣椒，油泼辣子和辣椒酱也成了。壶镇街上随处可见羊肉面馆、羊肉锅仔、羊蝎子火锅。交通、住宿也带起来，壶镇人不出镇子就能就业。

杨镇长爱喝羊肉汤，他的司机小胡也爱这一口。

杨镇长挑不出"壶中天"羊肉汤的毛病，就再不去了。但小胡有空就去转转，有时带着几个熟人喝，去了还是进雅间。结账的时候，老板死活不要钱，说一碗水的事，啥时候想来就当喝水了。有一回，小胡跟李海生说带些汤汁回家下面条，老婆和岳母都爱"壶中天"的味儿。他再三强调只要汤，不要羊肉。但李海生是精明人，每次递上一袋羊汤，底下总不忘放上几大块好肉。

"壶中天"越做越大，不仅当地火，外地人都知道了这个品牌，很多人以喝上一碗这里的羊肉汤为骄傲。小胡是河北人，回家探亲给亲人捎上几份当地特产，当然少不了羊肉汤。他给李海生扫微信，总是被老板挡回去。商标名称是杨镇长取的，羊肉汤又不是金钱财宝，他也就不客气了。

今年五一，杨镇长参加全市乡村振兴战略会议，被授予"乡村振兴带头人"的荣誉称号，壶镇成了经济、旅游特色示范小镇。不久杨镇长被提拔为县文化和旅游局局长。

走的那天，小胡帮杨镇长收拾行李，隔窗看着镇政府大院送行的乡亲，他的心里别提多自豪了。跟杨镇长去县里上班，接送孩子更方便了。他美美地想着，忍不住唱起汪正正的《超越梦想》。

杨镇长取出一张工行卡，递给他说："我以前去'壶中天'，是替羊肉汤把关，要推出品牌。但也带坏了你。这是我的工资卡，你去把我的羊汤钱结了。把你在那里白吃白喝白拿的也结了。"

小胡的脸发红发烧。杨镇长怎么知道的？原来，李海生今天特意做了两包羊肉汤，给杨镇长送行。杨镇长鞠了一躬：谢谢大家，羊肉汤我不能要。但李海生说，今天你若是不要，我就和大家跪下了。杨镇长满含热泪接了过来，说只带一份就够了。李海生却说另一包是给小胡的。他也喜欢喝。

小胡抓起车钥匙就走。杨镇长说："车钥匙交给新来的小宁。你再给我开车，我非翻到沟里不可。"

作者简介

古琴，原名李淑琴。山西省襄汾县人，临汾市作家协会会员。曾在《山西文学》《短篇小说》《岁月》《牡丹》《唐山文学》等杂志发表短篇小说。小小说多次发表于《天池》《小小说月刊》《百花园》《作家文摘》等杂志。

# 主任廉洁

## 王局长

廉主任肯定会这样做。

应该是廉家家风影响，廉主任在工作上从来不讲私情，从来不搞人情收购售卖粮食，不以国家粮食储备库主任的职权谋取不当私利。那时，廉洁和一位开了私人粮食收购公司的姑娘谈恋爱。有这层关系，他如果向局里开了口，我们也会合法合情地照顾一下他女朋友生意。廉主任工作兢兢业业，老大不小了，解决个人问题是大事，不能因为工作影响他一辈子的幸福嘛。但廉主任守口如瓶，全单位除了他没人知道他的女友在做粮食生意。

后来咋知道的？女友小张被评为粮食和物资储备系统诚信经营模范户到局里开表彰会，让廉洁在局里工作的好友小李认出来了。小李一看小张就呆了：你咋和廉洁手机屏保上女友的相片一模一样？小张当即大方承认自己是廉洁的女朋友。

# 刘老师

廉洁当然会这样做。

小廉在希望小学读书，我从一年级一直教到他小学毕业。小廉六年里一直当班长，很懂事很乖的孩子。

小学生多大嘛，小屁孩儿，谁都爱吃个零食，爱买个小玩具。班上就只有小廉不。我知道小廉是孤儿，被廉政收养，廉政家风好，把小廉也教得好。廉政虽然是粮食局副局长，但老婆是个药罐子，病不离身，家境也非常困难。我让小廉当班长，时不时卖些班里的旧杂志旧报纸旧资料，意思是多少补贴他，让他买包零食尝鲜、买个小玩具过瘾。小廉从未照办。不管是卖了几元几角，甚至几十元，都一分不少交给我，说这是班集体的，是公费。

# 父亲廉政

廉洁自然会这样做。

廉洁也算是我儿子，我从来没把他当外人看，他也一直把我当亲父亲。虽然没有血缘关系，但日子久了，就有了真挚的父子情感。我们廉家，祖祖辈辈吃公家饭，端粮食和物资储备系统碗的，都是两袖清风，不贪不腐。这，一样潜移默化影响了廉洁。

我只有一次怀疑。女儿在银行上班，个人有一定的储蓄任务，跟奖金福利挂钩。那年年关，她没完成任务，差五十万元存款。她首先想到廉洁，他算她唯一的弟弟嘛。女儿求廉洁帮忙，让他把储备库的公款借存到她工作的营业厅充任务。过半月再取出返还。廉洁没答应，他说他不能干违法乱纪的事。

女儿告诉我，我当时也生气，但再细细想，我明白他做得非常对，没坏廉家家风没给我们廉家抹黑，算真正的廉家人。我便想方设法开导女儿，说大不了少挣奖金，钱多钱少人都是活。女儿很快想通了，毕竟是廉家人，又是共产党员，受我的言传身教，懂粮食和物资储备的相关政策法规，也懂粮食和物资工作者的原则。

## 妻子小张

不用想就知道廉洁会这样做。

我们谈恋爱前，我就在经营一家粮食收购公司，业务一般，勉强能支撑下去。我心想现在自己男友是国家粮食储备库主任，还愁没生意做？廉洁没有主动开口，我忍不住就主动说了。他一口拒绝，还讲一番不能以权谋私之类的大道理。我后来火了：廉洁你自己选择，不和我做生意，我们就分手！

当然他没有做选择，做了选择就没有我们现在的婚姻。他见我在火头上，哄我说慢慢想办法。和储备库做些生意，实际则是他偷偷自己掏钱，给我买来高价粮食，说是储备库卖的便宜粮。这样干了差不多两年多。此时我已中他的情毒，生米煮成熟饭，快奉子成婚了。也吵了几架，就认了，谁让自己选择的男人叫廉洁哩。

后来我真的理解他了。粮食储备事关粮食安全，粮食和物资储备工作者不讲原则不守底线，怎么能守住粮食安全的大门呀！而且，廉家的家风家教好，在这个城市远近闻名。他虽然没有廉家血脉，但一样继承了廉家的好家风好家教。

## 主任廉洁

我是廉家人，只会这样做！别夸大别美化我，我不想接受采访，我只是一名普通共产党员，一名普通的粮食和物资储备工作者。

当时办公室只有我一个人。被我拒绝无数次的大学同学粮油贸易公司李总带着一个戴墨镜的壮汉进来，把一个皮包放在我面前开门见山：这是五十万，是我们的合作订金，今后你们库买卖粮食我们公司包了！我知道你母亲得了直肠癌急需用钱手术化疗。我一口拒绝。李总继续讲同学情谊套近乎，我没理他，回答他一句已经对他讲过十几次的话：库里的购买销售业务，都是班子成员开会研究决定，我一个人，不可能做主。业务不能讲私人关系！听了这话，壮汉拔出匕首抵在我胸膛：收钱，李总永远是你朋友；不收，今天你就活到头！我当时真没多想，刀子抵在身上也不怕，就一个念头：我是共产党员，必须守住底线！也绝对不能坏了廉家的清白家风，廉家人永远都是廉洁的，怎么都不能在歪风邪气和犯罪行为面前畏惧退缩！后来就被刺了几刀。他们主要想恐吓住我，让我松口收钱，并不想杀人，没往致命处刺。

**作者简介**

岳秀红，四川省石棉县人，四川省作家协会会员，在《诗刊》、《星星》诗刊、《小说月报》、《诗参考》、《四川文学》、《安徽文学》等报刊发表小说、散文、诗歌两千多篇（首），获"第二十三届全国梁斌小说奖"小小说类一等奖等二百多个征文的等级、优秀奖。有小小说、诗歌多次入选年度作品选。

# 郝老师

从小竹考上市重点中学开始，老竹就有了心事。

这天，老竹从果园回来，踢踏着鞋子。巷口有人打趣："哟，这状元他爹是咋啦？钱丢了，耷拉个脑袋？"

"嗨，还不是小竹的事。"

"咋？这都是半个大学生了，还发什么愁，看你这脸，皱得快赶上他大婶的鞋底子了。"二蛋的话引起一阵哄笑。

"唉……"老竹把鞋底的泥往地上蹭了蹭，拿过二蛋手里的烟，给自己也引了一支，闷头吸烟。众人一看这架势，停止嬉笑，忙问咋回事，老竹犹豫半天："二蛋，我听说城里的学校流行给老师送礼，是真的？"

这个问题可真是冰水掉进了油锅里——炸开了！

"啥？你不会是没有给老师表示过吧？"

老竹摇头："真要送礼？"

"可不是咋的，我可是听说了，城里的老师收礼收得可厉害呢，什么购物卡、手提包、手表、项链……啧啧啧，老贵了。"

"对对对，我娘家侄子说他老师抽的烟一盒好几十，都不是自己买的，你想想，那都是哪来的？"

"你这有啥，我听说有的老师不收礼，办个辅导班，一放假就补课，你说你去不去？唉，不去？你试试！"

叽叽喳喳声中，老竹急红了眼："真的吗？可我看着那郝老师不像是那样人呀。"

"好我的老竹叔呀，"大兰一拍大腿，"你咋就这么老实哩，郝老师？再好也架不住拿礼夯呀，不信等小竹回来，你问问，看这个郝老师对他怎么样。"

"那咋问？"老竹急切地问。

"咋问？你就说，小竹呀，你们老师上课对你关注不？经常提问你不？你不会的题他给你讲不？我跟你说，这老师收了谁的礼，就对谁的孩子特别上心，上课提问下课关心，生怕这个孩子听不懂。"说话的是经常往城里送货的小军，颇有经商头脑，对这方面很是精通。

周末小竹刚到家，就被老竹拉到偏房，老竹把小军教的问题一股脑地问了出去。小竹一脸懵懂，还是老老实实回答："郝老师对我还行，提问倒是不怎么提问，有不会的问题我同桌就给我讲了，怎么？"

"哦，没啥，你写作业去吧。"

看样子，得送礼了！可是送什么呢？家里就靠那几亩苹果树，能买得起什么呢？可不送，孩子的前途咋办？

老竹愁绪满腹，不知不觉又来到侍弄了十几年的果园，傍晚的阳光金灿灿的，染得树叶也是金灿灿的，风一吹，像一树晃动的金子……如果真是一树金子该多好！

这晚，老竹翻来覆去睡不着。

第二天老竹两口子天不亮就去了果园，借着熹微晨光在果树上探寻，终于在天亮之前拖着被露水沾湿的裤脚从果园出来，身后是一筐圆滚滚、红粉诱人的苹果。

开学时，老竹执意要送小竹，把小竹推进校门，看到城里的家长衣着光鲜而自己一身寒酸，又犹豫起来，仿佛自己要干的是一件很见不得人的事，他从口袋掏出烟和打火机，想了想，又塞了回去，感觉背上的汗已经爬上了额头。

终于，郝老师出现了。

"郝老师，您、您好！你抽烟？"老竹掏出一盒芙蓉王，这可是小军特意交代的，说城里兴这个。

郝老师伸手推开，看着眼前这个躬背弯身面色通红的中年人："请问您是？"

"啊，我，我……"老竹感觉脸上火辣辣的，拿着烟的手不知是该缩回来，还是该把递烟的动作延续下去。

"哦，忘了说了，我不抽烟，谢谢。"

老竹终于有了缩回手的理由，心里松了一口气似的："哦，郝老师，我是小竹的爸爸。我……"郝老师疑惑的眼神像针，扎得老竹老脸生疼，"这是我自家种的苹果，是好品种，给您和家人吃，放心，绝对没有打药。请您多关注我家小竹！"说完，老竹把一筐子苹果放在郝老师脚前，撒腿就跑。郝老师在身后叫着什么，权当没听到。

　　回到家，把情况向老婆子汇报完，老竹又犯了嘀咕：这东西是放下了，可老师是咋想的呢？会不会嫌咱的苹果寒酸？一筐会不会太少了，唉，早知道就多拿两筐。

　　老竹两口子就这样在针毡上过了一个月，直到小竹放假。

　　"小竹小竹，你老师对你咋样？经常提问你不？你不会的题他给你讲不？"

　　"嗯，挺好，最近上课经常提问我，有时候还叫我上黑板讲题呢。咋啦？"

　　"哦，呵呵呵，不咋不咋，叫你讲题呢，那就好那就好。呵呵！"

　　"对了，爸，我们郝老师说你上次拿的苹果挺好的，想再要点给家里人吃。"

　　"好！好！苹果嘛，多得是！"老竹哼着小曲走了。果然，他们说得没错，幸亏咱给老师送了苹果……嘿嘿！老师爱吃咱家的苹果，肯定对咱小竹没跑。

　　后来再给郝老师送苹果时，老竹总觉得腰杆直了许多。

　　一年很快过去。暑假回来，小竹递给老竹一个信封，说是郝老师给的。

　　老竹拆开信封，里面是几张红彤彤的百元票子，还有一封信。写道：

　　小竹爸爸：

　　　　你好！这些钱是给你的苹果钱。你第一次来，我就知道你的意图，之所以收下了你的苹果，是怕你多想。

　　小竹是个好孩子，刚到学校时有点内向，适应之后大胆起来，让他上讲台讲题也讲得挺好。你要相信他，更要相信我们老师。

　　现在教育行业确实有些不良风气，但是请你相信，那只是个别现象，在政府强有力的整顿下，校园一定会恢复往日的神圣纯洁。学校是社会的缩影，更是社会的未来，我坚信，以后的教育行业会越来越干净。请你放心。

　　读完信，老竹的心久久不能平静。他迫不及待地想要告诉小军他们——

　　郝老师是个好老师！

作者简介

　　贺楠，山西省永济市人。

# 懂 你

儿子当局长了。儿子让乡下的父亲去城里住。

父亲不去，说："你在外面一心一意好好干，我就不去给你添乱了。你只要还记得爹这个老党员最喜欢什么就成。"

儿子笑呵呵地说："放心吧，我懂你。"

儿子总是很忙，难有机会回家，即便是春节，也会因为一些会议、应酬和问寒问暖的事情耽搁而不能回家看望父亲。于是，村里人便常常看见邮递员给他的父亲送包裹，一年好多次。包裹大小不一，形状各异。接包裹的父亲总是乐呵呵地笑。村里人说，人家真好，儿子当官，都不知给老爹寄了多少钱财和宝贝物什了。

多年后，父亲突然接到儿子单位的电话，说儿子出事了。

父亲匆匆赶来。父亲在儿子的家里没有见到儿子的身影，家里空荡荡的，装修很普通；父亲在儿子的办公室没有见到儿子的身影。办公室里空荡荡的，摆设很简陋……

单位的人开车把父亲拉到一个矿井，指着塌方的井口，泪眼说：局长他在下面……

儿子是被埋在下面的。矿井塌方后，他第一时间赶到救援现场，并强烈要求带队下井察看、救援。不幸的是，他们下去后，又二次塌方了……

父亲捧着儿子的骨灰盒回来了。

第二天，邮递员又一次来给父亲送包裹。竟是儿子寄来的，邮戳上的时间是儿子出事的前一天。打开，一个红彤彤的烫金证书，上书：××市2020年度优秀共产党员。

父亲擦泪，打开一直上锁的那间儿子当年上学时候住过的房间，把证书斜靠在儿子曾经用过的那个书架上。人们看到，书架上满满当当地放着好多奖杯和荣誉证书，而屋子里的土墙上贴满了写着"三好学生""优秀班干部"等字样的大小奖状，虽然年代久远已经发黄了，但在那些金亮亮的奖杯的映衬下此时却在墙上熠熠生辉……

父亲说：那书架上的东西就是儿子这些年寄给我的所有礼物了……

在场的乡亲们突然明白了什么，泪水都滚了出来。

父亲用手掌挨个擦拭着那些奖杯和荣誉证书，喃喃噙泪却坚定地说："儿子，你真的懂老爹啊！"

**作者简介**

吴宏博，陕西省富平县人，中国作家协会会员。迄今在《小说月刊》《山东文学》《小说月报》《小说选刊》等发表作品百万余字，著有《帮你的梦想插上翅膀》《陪米尔走过冬天的米粒》等。

# 老烟枪

老烟枪平生最喜欢做的事就是种地。

腰里别把烟枪，每天天不亮就下地，干活到中午，累了就把烟枪拿下来喷喷吸两口，看着绿油油的地老烟枪心里高兴。这么一块地养活了他自己和一双儿女。

最近村里征地，说要建设新农村，老烟枪的地正好在要扩路的地方。村干部上了门，老烟枪的儿女就动了心——给的钱实在是多啊。

有这钱，老烟枪不必再种地，能过上悠闲的"退休"生活，想干啥都行。老烟枪叼着烟枪坐在院子里听儿女在屋里规划，门口睡觉的大黄狗闻见味儿打个喷嚏，站起来慢慢走出了院子。

合同很快签完，老烟枪不再去地里，开始每天在院子里盘他那用到包浆的烟杆。这么过了几天，本来说是马上到账的钱却迟迟没到账。

老烟枪又跑到村办公室里，原先好言好语的头儿却变了脸色，捧着茶杯高深莫测地讲："这事儿不太好办啊。"

儿女们被老烟枪一个电话喊回了老屋。

"是不是应该请领导吃个饭？"女人扯住在旁边玩闹的女儿，瞄着屋里男人们的脸色。

"我看就是这个意思，"男人挥舞着他的手，手里是他新换的手机，"以前都欠点意思。"

"意思……意思……"小女孩窝在女人怀里，揪着女人落在肩上的长发一边玩一边学大人说话。

饭桌摆在了老屋，三请四请请来了连连推辞的干部。女人们在厨房里忙碌，男人们坐在桌子上喝酒。

干部喝酒上头，涨红着脸拍桌子应承："老大哥放心，这点小事小弟伸伸手就办了，你就等着吧。"

支着耳朵的儿子女儿媳妇女婿都松了口气，带着笑脸纷纷上前给领导斟酒。老烟枪坐在角落里默默咂着烟枪，饭桌上烟雾缭绕。

那之后又过了几天，老烟枪都把那天剩下的下酒菜分顿吃完了还不见有钱到的苗头。

他又去了办公室，这次头儿态度好点，从皮椅上下来坐到待客的小茶几前说："这个事儿啊，那是真不好办。"

老烟枪问他，酒桌上不是说好办吗？

领导瞪着眼回他，酒桌上的话算话吗？

一顿饭自然不算。儿女又回到了老屋。

男人拿着整一条烟，放在桌子上："要不送点儿礼试试。"

老烟枪摸着自己的烟杆不说话。

"这是好烟，"男人拍拍烟盒，"先进的人都喜欢抽这个，现在不兴抽烟杆了。"

"爹，你抽个时间把礼送过去吧。"女人说。

老烟枪举着烟杆在桌边磕了磕，烟丝簌簌往下落："他就应该给咱办，他就是干这个的。"

"是该办，那人家不办你又有什么办法？"女人说，"去闹吗？总要顾虑我们，弟的工作刚稳定，刚能赚到钱，领导人脉那么广，把他得罪了，给弟使点绊子，你让他怎么办？文斌高中，彤彤小学，谁又能保证以后上学需不需要领导盖章。"

老烟枪咬着烟杆不出声。

"要是我们没有拖家带口，那肯定要为你出头，得罪就得罪了。本来就是该给的钱，推三阻四，难不成还想再分一点？"

"可现实就是我们出不了头，只能靠你。"

"我们也不要你的钱，都是留给你生活，看你要不要吧。"

"爹！去送吧。"

儿女的话像连珠炮，轰得老烟枪生生弯了腰。

晚上老烟枪躺在炕上，翻来覆去睡不着。他不明白为什么都是他该得的他却怎么都拿不到，不明白为什么养大一双儿女却连给他出头都不行。他想，自己窝囊一辈子生的儿女也窝囊。

他想抱怨，可身边一个人也没有。他打开灯从炕上爬起来，掀起垫子从炕脚掏出一个红袋子，在袋子里摸出一张照片。照片上是他走了将近二十年的老伴。他翻身坐下，靠在墙边咂着烟摸着照片。

头顶上刮了大白的墙泛着一块块黑黄，院子里听见动静从窝里钻出来的大黄抖抖皮毛又躺了回去。

一夜无话。

第二天磨蹭到吃过晌午饭，老烟枪提着礼不情不愿地往办公室走。

还不等他走到跟前，就看到办公室外面围了一大圈人，村干一马当先从人群里出来，引着后面一串人往外走。

看见老烟枪在那儿，不知道是谁先喊了一声，紧接着人流迅速将老烟枪包围。

老烟枪一个老头子哪见过这种场面，还以为是送礼的事情被人发现了，现在要抓包，他连忙把烟往身后藏。

"爷爷！"

听到熟悉的声音，老烟枪抬头一看，发现自己孙子正扒拉开前面的人堆往他面前走。

"文斌？你咋在这儿？咋不上学？"

文斌摸摸后脑勺，说自己请假了，来解决地的事情。

老烟枪肃了脸："胡闹，小孩子家家瞎掺和什么！"

"小孩子可比大人要懂得多，"人群里一个年轻人出声道，"对吧，'领导'？"

立在一边的村干部臊红了脸，连连点头。

原来是彤彤说闲话说漏了嘴，被文斌听到了地的事儿，再三追问家里大人，才知道村里干部收了爷爷的礼。

老师说过这行为不对，文斌知道该怎么处理，书里都写了。于是他专程请假到了县里，找到了县政府的人。

"干部就要为人民做实事，总想着收礼、摆领导的作风算怎么回事？"县政府的工作人员给在场的人都认真上了一课。

从此老烟枪最喜欢做的事就成了别着烟枪、踩着阔路去县里听教育，回来还要给儿女再讲讲干部的纪律。

作者简介

　　裴雨静，山西师范大学学生。

# 孙子的婚礼

牛老汉这几天像吃了"嘻嘻妈"的奶，脸上的笑容就连睡觉时都不褪去，整天乐呵呵得合不拢嘴，逢人便说："我大孙子就要结婚了，媳妇长得水灵灵的，娴静漂亮，还是个研究生呢。"

村头有棵大槐树，在树下面乘凉的一帮老婆老汉围着牛老汉七嘴八舌谝闲传。和牛老汉一起玩尿尿泥长大的老张头对牛老汉说："老牛啊，你真是有福气，儿子成了远近闻名的大企业家，钱挣得比山都高，你是要啥有啥。孙子上了大学又考了个研究生，真是日子过得甜如蜜，一辈更比一辈强啊。"他说完笑了笑，自嘲地说："唉，人啊不能比呀，真是人比人实实地要气死人哪！"

村东头的李家婆娘羡慕地说："老牛啊，你孙子长得高高大大，是十里八村难找的帅小伙，如今要娶个研究生媳妇，真是郎才女貌，锦上添花啊。"

……

牛老汉听得高兴，掏出一盒芙蓉王给大家挨个散烟，有老婆子心里不平衡了，给牛老汉说："不能光给老头子发烟，也要给老婆子发喜糖啊。"

牛老汉兴奋地说："今天身上没带糖，明儿一准给大家发。"

村西头的牛三说："本家子啊，这次咱孙子的婚礼可要好好办一下，让老哥老弟老姐老妹们也跟着见识见识沾个光。"

牛老汉得意地说："没问题，我都想好了，孙子的婚礼少说也要花上他十万八万的。彩门要用鲜花搭建，彩棚要用丝绸编织，大红灯笼挂满巷，彩灯气球交叉着排。"他吧嗒着嘴咽了一口唾液接着说，"再叫上孔向东的戏，唱上几天几夜。戏台子下面的油糕、热锅子全包下，让村里人看完戏随便吃。烟花爆竹拉上一大车，大红地毯要铺满大街。唢呐鼓队请两班，红火热闹也不能少。酒席档次也要高，鸡鸭鱼肉样样全。老白汾酒大中华烟，红牛饮料紧饱着喝。"

大槐树下面的人都附和着说："好，好，老牛家有气魄，在咱村一定要拔尖。"

牛老汉说："不是我爱显摆，我这是要争一口气哩。"他抽了口烟，顿了顿说："老张啊，别人不记得了，你应该记得，当年我结婚的时候正赶上割'资本主义尾巴'，那个年代人们本来就穷，但还不让养鸡养鸭，不让交易农副产品。我结婚时我娘是个半病身子，整天吃药，家里穷得叮当响，不要说摆酒席，就连一床新铺盖都置办不起。我娘不甘心，把家里养的几只鸡拿到城里偷偷去卖，谁知让人家发现，不但没收了鸡，还让我娘戴着高纸帽子转村游行。老娘连气带病，回家后口吐鲜血离开了人世。"

说到这事儿，牛老汉眼里喷着火，愤恨地咬紧牙关，声音有些哽咽。看来这件事情对牛老汉伤害太大了，以至于几十年后提起来还是咬牙切齿义愤填膺。牛老汉扬了扬头继续说："好在春妞不嫌弃我家穷，硬是和家人掰扯着嫁给了我。我当时就发誓，若是有机会，我一定要办一场风风光光的婚礼，让母亲在九泉之下得以慰藉，让春妞也长长脸。"

老张头说："那时大家都穷，谁也不会笑话谁。我的婚礼不也很简单嘛，一床铺盖一身新衣，用个平车拉着媳妇回了家。呵呵，往事不堪回首啊。"牛老汉吧嗒了几口烟，又接着话茬说："是的，往事真的不堪回首。到了儿子牛亮结婚的时候，改革开放刚开始，日子比过去好过了，但也只是解决了个温饱问题，我为供他上大学还是欠了一屁股债。本来想咬咬牙办个像样的婚礼，可儿子死活不同意。我知道儿子是在心疼我和他妈妈，但我不想失去这次机会，我害怕以后再没有机会来弥补这个遗憾。于是让他舅去劝说儿子，儿子眼泪汪汪地对他舅说，他看父母太苦了，不想再花父母的血汗钱。后来他舅舅取了个折中的办法，办了个还算说得过去的婚礼。"

"老牛啊，你上辈子烧了高香，生下一个懂事的儿子，书念得好又有孝心，知足吧。"邻居李老头突然插了一句话。

接着村东头的老王也插了话："人常说，三岁看大七岁看老，咱亮亮从小就出众，现在不是出息大了嘛，在建材化工方面大家都叫他什么专家，自己的化工厂实验室又大又先进，听说和外国人都有关系，光资产就有几千万。现在孙子要结婚，这机会不是来了吗？这次孙子的婚礼一定要办得排场阔气，了却你多年的愿望。"

村西头本家子牛老太婆插话说："不过啊亮亮这娃从小就细发，从不舍得花钱，老哥你在后面要掌好舵，把孙子的婚礼一定要办得排排场场阔阔气气，不要让别人说咱是臭财主小家子气，吝啬鬼。"

牛老汉说："你们放心，这次我一定要掌好舵，把亮亮的婚礼办得体体面面，真正地风光一次。大家就早早地腾空肚子等吃摊子吧。"

两天的连阴雨过后，大槐树下面又热闹了起来，人们闲谝的话题还是老牛家孙子的婚礼，可是迟迟不见牛老汉出来。一天过去了，两天过去了，还是不见牛老汉的身影。人们开始猜测是不是牛老汉过于激动引发了心脏病？是不是家里已经开始准备婚礼的事忙得脱不开身？是不是……猜测只是猜测，总不踏实，老张头准备去牛老汉家去看看。

牛老汉还真像是病了，躺在床上脸色蜡黄，才几天不见憔悴了许多。老张头进门问他，谁知他头一扭面向墙壁一言不发。这就奇了怪了，我张老头又没惹你，你咋就不理我呢？是发高烧烧糊涂了吧？春妞倒像是见了救星似的赶紧让座倒茶，手动着嘴也动着："唉，亏先人了，老啦还是死倔死倔的，和儿子怄气两天都不吃饭。"老张头问："怎么啦？"

春妞说："还不是为了孙子的婚礼？父子俩闹翻了。"

老张头心里明白了一大半，肯定是儿子不愿大操大办，父子俩说不到一块。便朝牛老汉说："噢，是为这事啊。一辈人不管两辈事，孙子的婚事有他爸妈操心，你当爷爷的就别插手了。"

牛老汉听老张头这么说，气就不打一处来，突然扭过头坐了起来说："什么一辈人不管两辈事，我还没死呢，这屋里的事就由他们说了算，这不是把我这个老掌柜子撇到寥河滩了吗？"

牛老汉提高了嗓门像是给老伴和老张头说，又像是故意说给外面的儿子媳妇听："想当家，等我死了再说，只要我还有一口气，谁也别想当这个家。"老张头摆摆手说："老伙计消消气，我去劝劝亮亮，你们坐在一起再好好商量商量。"

牛亮也正想找老张叔劝劝父亲，正好老张叔来了。他就开门见山地说："叔啊，在咱村，我爸和您关系最好，您一定要好好劝说劝说他。"

老张头说："亮子啊不急，你把事情的原委跟我说一说，我再去劝你爸。"

牛亮说："儿子要结婚了，我爸给我摊派了一世界，又是要搭彩门，又是要唱大戏，还要我置办丰盛的酒席。叔啊，不瞒你说，我这些年是挣了些钱，可这都是血汗钱呀，也不能胡吃乱花呀。"他看了看老张头，表现出极为难的样子说："再说十八大以来习近平总书记一直强调党员干部要廉洁自律，不能搞大吃大喝，不能铺张浪费坏了党风，我是一个有二十多年党龄的老党员，还在村里当着干部，你说我能按他的想法来吗？"

老张头说："你说得也在理，可是你爸他一辈子好面子，把脸面看得比什么都重，他总觉得过去家里穷，没办过一回像样的事，总想在村人面前赢这个脸。这次他在大槐树下面夸下了海口，你若不按他的想法来，这不是要他的老命吗？"

牛亮说："可党的纪律不能违反呀，我是个党员，要喜事新办，给大家起带头作用。你去好好劝劝我爸，这几天他不愿意跟我见面，我有话也没法给他说，拜托叔您了。"

老张头是村里的能人，劝架管闲事有一套。他想了想说："亮子啊，叔知道你的难处，但你爸没有个台阶不好下呀，你想个什么法子给他个台阶，让他露露脸拾起自己的脸面就风平浪静了。"

牛亮说："你最懂我爸的心事，你说什么事能让他露脸高兴，争回自己的面子？"

老张头思考了一会儿说："你爸曾给我说过，他想给村里的老人们办些好事，让大家都沾沾你的光，但不知你能给老人们办个什么事。"

牛亮说："这正好啊，前些天我和村干部商量着，想出三百万在咱村的东头建个养老院，只是手续还没有批下来。我打听过了，很快就能批下来，我看这样吧，这个项目就挂我爸的名，让他当董事长，以后养老院的事就他说了算，你看行不行？"

"行，行，一定行！亮子啊，你给咱村里办了件大好事。"老张头激动地说："我这就给你爸说去。"

第二天，大槐树下又出现了牛老汉的身影，满面春风笑容可掬，逢人便发烟发糖……

作者简介

刘进发，笔名方圆，山西省万荣县人，运城市作家协会会员。在《河东文学》《运城日报》《后土文化》《飞云》等报刊上发表小说多篇。在"作家新干线"平台上发表小说多篇，其中小说《老牛的糗事》获奖。

# 丧宴席上发"红包"

交通局局长毛峰的母亲因想不开自尽了，我的娘，毛峰顿时泪如雨下……

他擦干眼泪，立即通知办公室王主任召开局务会，安排了这几天的工作，随即来到政府大楼跟分管的领导请假，后又来到纪检委咨询关于母亲丧事办理的相关规定和要求。一切办理妥当后，他马不停蹄地赶回老家。

妻子早已和几个宗亲叔伯组织家族的人将灵堂搭好了，棺木也准备妥当了。此时，毛峰跪在娘的棺木前哭得像个泪人。

"毛峰，娘已经走了，哭也哭不回来了，当下是商量如何办理好娘的后事。娘是八十岁以上仙逝的，这丧事该怎么办呢？是隆重还是从简？你大小也是个单位的'一把手'，这事如果处理不好的话是要耽误自己前程的。"妻子将他叫到一边。

"当然简办了，现在从中央到地方这方面的规定都明明白白，一般工作人员都必须遵守，何况我是单位'一把手'，更应带头执行。此外风俗停灵五天改为三天，只接待宗亲及你家的亲戚，其他人一律不再通知。宴席就设在家门口，再搭建个临时遮阳网。"

"什么，大侄子就这么糊弄我老嫂子呢？绝对不能从简，一切按照风俗来，你害怕耽误前程，就躲得远远的吧，这丧事叔来操办。"谁知毛峰和妻子的对话被一旁的小叔听得一清二楚。

"叔，风俗归风俗，但一定要破除封建陋习，新事新办。"毛峰劝说小叔。谁知小叔一摆手："实话跟你说，你娘去世前几天还专门跟我有意无意地交代过了，要把她风风光光送出去，不枉来世上一回，你真狠心违背你娘的遗愿新事新办？"

毛峰陷入了沉思，一边是地方上的民风民俗和母亲的遗愿，另一边是党风政风方面的硬性规定，这两者咋兼顾呢？

正这时，门口开来了几辆小车，局办公室王主任和几个副局长拿着单位上的几个花圈送来了。王主任将毛峰叫到一边耳语了几句，随后他们一行走了，随后毛峰也开车走了。

妻子一下急了，问他去哪儿。

毛峰说道，叔叔要大办丧事，由他办去吧，我不管了。一旁的叔叔说道，走就走吧，离了孙悟空，唐僧还不去西天取经了？

就在妻子六神无主时，几个小时后，毛峰又风风火火开车回来了，一下车他就对叔叔说道："我想通了，就按照母亲的遗愿和当地的风俗操办吧，招待的人也不分宗亲、朋友、同事、上下级，包括那些我工作中认识的修建老板。而且人多家门口的宴席也摆不下，也不符合食品安全规定，放到离家不远的镇上酒店，同时礼金照单全收，登记在册。"

毛峰的突然态度大转变，令一旁的妻子也瞠目结舌，这可真是违反党风政风规定，媒体上经常曝光的呀。

接下来，前来吊唁的各方人士络绎不绝。按照风俗，除了叩拜，还要在现场奉上礼金，而登记并收取礼金的是毛峰找来的两个年轻人。

这天，在安葬了母亲后，毛峰在镇上的大酒店招待所有前来吊唁的客人。当宴席进行到快要结束时，毛峰站到宴席中间对着所有的来宾说道："感谢大家前来参加我母亲的葬礼。按照我们这儿八十岁以上老人去世丧事按喜事办的民俗，我现在给所有的客人现场发红包，以表达我的谢意。"

说完，毛峰和局办公室王主任、妻子以及那两个登记礼金的年轻人挨个给现场的客人发红包，顿时现场议论纷纷，交头接耳。丧宴上给来宾发红包，这样的事还是大姑娘坐轿子——头一回呢。

而宴席结束后大家一看红包，原来这红包就是自己奉上的礼金，人家悉数退回了，还免费招呼一顿。

丧宴上发红包，这毛峰到底唱的哪一出……

三年前，刚当上交通局局长的毛峰，国庆那天举办女儿远嫁婚宴，当时他只宴请了自己及妻子的一些亲戚，可婚礼前后，他的办公室及家里，甚至在上下班的路上，前来私下送礼金的一个接着一个，尽管他好言相劝，严词拒绝，但那些人丢下礼金后立即就走了，后来挨个上门去退还，人家打死都不要。到最后没办法，他只好把全部礼金登记造册后全部上交给纪检部门。

而此次做法是为杜绝那一幕重演，又避免伤及人情世故，拒绝朋友、同事及同学等于千里之外。那天局办公室王主任前来吊唁时私下告诉毛峰，因毛峰怕母亲的丧事扩大化，已将手机关闭，但他的很多同事、同学及修建老板都纷纷打听此事。怎么办？他立即返回城里找到纪检部门，在不违反规定，又尊重民风民俗及人情世故的前提下，在"喜丧"宴上将全部礼金以发红包的形式如数退回。为杜绝暗箱操作，收的礼金多，返回去的少，毛峰又邀请纪检部门新招录来的两名大学生负责礼金的登记及红包发放……

作者简介

汪志，甘肃省张掖市临泽县人。

# "镜头书记"

"镜头书记"栽了，我真不敢相信。

在我印象里，他永远都那么亲和，工作热情饱满不说，还不知疲倦。任何时候见了，除了工作还是工作，好像再没话说似的，报纸、电视、微信新闻媒体常有他工作的动态。这样的好干部，按理早应该提拔，为何忽然却栽了？用小 A 话说："这都是教训！"

那么他的教训究竟在哪儿？咱还得从他的外号说起。而要说清楚他的外号，必须提及两个人。一个是前边提到的小 A，小伙子精明能干，协调打理上下级关系，绝对是一把好手，被提拔为办公室主任，人称"小诸葛"。再一个是小 H，人称"快手"。姑娘名牌大学毕业，人长得漂亮不说，还爱好摄影，写得一手好文章，跟着下乡，立马就能完成一篇"美篇"，再配以美图。"镜头书记"无论走到哪儿，都风光到哪儿。"镜头书记"须臾都离不开她。

　　"镜头书记"之所以用此二将，那也是有一番教训的。想他寒门出身，十年苦读，也想有一番作为，可兢兢业业在乡镇干了十多年，永远都在副乡长的位子上打转转，不是被调去山区乡镇，就是到没人愿意去的穷乡镇。而与他一块选调到乡镇的，要么已提拔为乡镇长，要么已经进城。他好不失落，经常发牢骚。

　　而偶然的一次经历，却使他彻底改变了人生轨迹。S县煤炭资源丰富，"镜头书记"所在的云山镇更是全县首富，腰缠万贯的煤老板比比皆是。他包村的帽子村就有一个，人称"路路通"。这人不仅生意场上风生水起，而且在社会上也混得如鱼得水，然而"镜头书记"却嗤之以鼻。乡镇工作十多年，我还不知道他身上有几根汗毛？上学永远是留级生，小学都没毕业就随他爸到乡政府当通讯员，认字不全，填表念成"镇表"，推荐干部念成"推存"干部，常闹大笑话，成了全乡人戏耍的活宝贝。可就这么一个宝贝，后来居然承包了社办煤矿食堂，再后来社办煤矿办不下去，他又承包了煤矿，赶上煤炭涨价，摇身一变成了大款。本以为煤黑子一个，翻不起什么大浪，没承想却呼风唤雨。这，"镜头书记"就要大跌眼镜了。

　　云山镇地处深山区，"镜头书记"所包联的帽子村更是山大沟深。没想到这样一个经济文化落后的小山村，竟破天荒要建文化主题公园，而提出这一想法的就是"路路通"。他放出话说："所有费用，我一个人承担！"有人出钱给村民办好事，"镜头书记"当然乐意，干好了他还能跟着沾光。但关键看是否真心实意，不要心血来潮，放空炮，虎头蛇尾搞成花架子，得提防着点。所以前期建设时，他很少露脸。等到"路路通"邀请剪彩呀，他才大吃一惊，敢情没吹牛，还真将广场建起来了，并且亭台楼阁，丝毫不逊城里的公园。关键是"路路通"还把开园仪式搞得相当上规模、有水平。县内的画家、诗人、书法家、摄影家络绎不绝。有的拍照，有的现场挥毫泼墨，有的捻须吟诗作画，什么"造福乡梓""名重山乡""活跃山区文化""活雷锋"等等牌匾堆得到处都是。高兴得"路路通"请来戏班子、锣鼓队，整整闹腾了三天，连放三天舍饭。小山村人来人往，被挤得水泄不通，大小车辆排了七八里长。就这还不算，他又给村内的每位老人发了五千块钱和一身六件套衣服。

"镜头书记"不解地去问。"路路通"说："哥不能穷得光剩下钱。"是的，这些年有了经济基础，这个最与文化沾不上边的煤黑子，竟心血来潮"热爱"起文化来。作家出书找上门来，他来者不拒，要多少给多少；文化人办活动需要钱，他有求必应，几千、几万随便给。这才换得文化人愿意捧场，奉他若神明。而社会上也落了个乐善好施的名声，当地媒体经常报道。

这件事对"镜头书记"触动很大。教训啊！以前只知埋头苦干，完全不会宣传推销自己，有了成绩领导也看不见，注意不到。慢慢地他改变了生活态度和工作方法。只要上级领导喜欢，他立马就办，而且想方设法都要办好。他算开了窍，而官运也很快峰回路转，亨通起来。随着"典型""先进"戴上头，"副书记""乡长"官帽纷纷找上门，三五年工夫不到，他就成了主管五万多人口的大乡镇一把手。

有了平台就是不一样，不仅有人整天逢迎，而且还可以搜罗一乡的人才为己所用。他慧眼独识，首先选中了小A和小H，因为他有前车之鉴。现在有的群众难对付，他的前任没有自我保护意识。有一个上访"专业户"，长期好吃懒做，家里房子破得到处漏雨不能住人，仗着他是贫困户，缠着非让政府修，答应给申请维修资金都不行，扬言必须立即。他的前任被缠得无法，随口说了句："要么你先修一间住着，资金下来我马上给你全修，政府那一块你就不用管了。"岂不知说完这话第二天纪委就找上门，问为啥说话没原则，给贫困户说"你只管修你那一部分，政府那一部分不用你管"，这是啥态度？而且再三解释都不听，并且要给处分。前任哑巴吃黄连，因为这话他确实说过，只不过被贫困户断章取义罢了。

有了这样的教训，镜头书记格外重视起"自我保护"来，不论去哪里，手下两员将都始终跟着，哪怕被批评为"工作留痕""形式主义"也在所不惜，因为他有切身感受。云山镇因为煤炭业发达，也催生了当地休闲娱乐业。有一家经营戏园子的个体户，竟把门店开在矿区居民楼下，大晚上吱哇乱号，害得楼里居民休息不好，集体到乡政府告状。乡里勒令戏园子关门，经营户却大诉冤屈，说他投资装潢巨大，损失不起。"镜头书记"很是同情，建议可利用装潢好的门面，改办音乐餐厅，顺便把饭食捎带上，只要不扰民，居民就不告了。谁料第二天，这位门店老板竟好心当成驴肝肺，也不知听了谁的指拨，竟将他告到县里，说他不支持山区文化事业，群众要办戏园子，他要群众改开餐馆。这帽子也太大，幸亏他留了一手，令小 A 和小 H 将他们的谈话全程录了音。录音一放，店主马上打蔫，空子没钻成。

"镜头书记"好不得意，更离不开小 A 和小 H 了。但成也萧何败也萧何，这次的祸竟是小 A 和小 H 惹的。

云山镇地处山区，石料加工一直很红火，但也造成了环境污染。石块粉碎扬起的粉尘让周围群众的庄稼几乎绝收，好端端的苹果被裹成了泥蛋蛋，根本没人要，卖不上价钱。群众一再告状，上级也让关停。可总有些人和上级检查组兜圈子，你来他停，你走他开工，影响十分恶劣，周围群众意见很大。"镜头书记"今天下乡就是来检查的。昨天又有人举报这家石料厂夜里偷着生产，抓住非严查不可。但到了现场却什么也没看到，人员和设备早不知去向，看来有人通风报信。然而"镜头书记"的工作动态，小 A 和小 H 却是非发不行的，要不然就没人知道他对矿山治理有多重视。

但偏偏他上午去，下午这家石料厂就出事了，九死五伤，被定性为重大事故。原来他上午刚一离开，这家石料厂就开始挖山崩石头，不料一块巨石从天而降，把刚进工地的工人全砸了。"镜头书记"的"美篇"已在县乡好几个工作群发出，工作不实，检查不仔细，他想抵赖都不成。

作者简介

程永庄，陕西省韩城人。

# 黄镇长的午餐

接到黄镇长上午到村里检查卫生工作的电话，村主任赵大虎心里想，这回黄镇长来，一定得管他一顿饭。

黄镇长以往到村里视察工作，从来没吃过一顿饭。黄镇长虽说平时廉洁自律，对工作要求特严，但他为人谦和，从不摆架子，对村里的各项工作蛮支持，因此，赵大虎决计自己掏腰包把黄镇长这顿饭管好。

到饭店吃饭吧，显然不合适，黄镇长肯定不会去的。他细一想，还是在自己家里请黄镇长吃饭合适。

赵大虎吩咐妻子到村食品商店购买了上等的酒肉之类，在家专门给黄镇长做饭菜。

上午九时许，黄镇长开着自己的旧小车来到村委会大院。赵大虎和一班村干部陪同黄镇长开始检查环境卫生。

黄镇长把村里的大街小巷旮旮旯旯跑了个遍，而后在村委会召开了临时会议。

在会上黄镇长肯定了村里卫生工作取得的成绩，并且指出了个别死角落还需清理的问题……

会议结束后，已是中午时分。赵大虎请黄镇长到他家吃饭，说饭菜早已备好了。

黄镇长略一思索，笑着说：好，今儿我就破例在村里吃顿饭，不过，不在你家吃！

赵大虎大惑不解地问：那你在哪里吃？

黄镇长说：到低保户赵大妈家吃。

黄镇长对村里的低保户了如指掌，赵大妈家他以前曾慰问过。

赵大虎作难地说：她家的饭食不好，我看你就别……

黄镇长打断赵大虎的话，斩钉截铁地说：老百姓能吃的饭，咱当干部的凭啥不能吃？别再说了，你们都回去吧！

黄镇长说完，扔下小车，徒步向赵大妈家方向走去……

此时，赵大妈在家里刚做好稀饭，小桌上放着几个馍和半碗茄子菜，准备和她的弱智儿子吃午饭，不期然见有人走进屋来。她一眼就认出了黄镇长，急忙让座说：镇长，你稍等一会儿，我给你烙葱花饼。

黄镇长并不作假，说：我今儿是专门来你家吃饭的，不过葱花饼就别烙了，吃现做成的饭就行。

赵大妈显得有几分惭愧：这饭菜不好，咋能招待你呢？

黄镇长笑笑说：大妈，我也是农民的儿子，我每次回家我妈也给我做这种饭。这饭吃起来可口，美着哩！

赵大妈见黄镇长执意要吃，只好给他盛了碗稀饭说，饭不够吃，有馍哩，镇长，今儿你就凑合着吃吧。

好着哩，好着哩。黄镇长边大口地喝着稀饭边说。

吃饭期间，黄镇长关心地问赵大妈家里的粮食够不够吃，钱够不够花，还有啥生活困难没有。

赵大妈高兴地对黄镇长说：如今社会好着哩，有政府照顾，我娘儿俩有钱花，有白馍吃，还有衣穿，咱老百姓人心有尽，可满意哩。

她那个弱智儿子只顾低头吃饭，始终一言不发。

饭毕，黄镇长从身上掏出二十元钱放在小桌上说：大妈，这是应该付给你的饭钱。

赵大妈万没想到黄镇长吃了她一碗稀饭和半个馍，竟要给她付饭钱，急忙从小桌上拿起钱边往黄镇长衣袋塞边说：这成啥事了，你整天给咱老百姓办事，吃顿家常饭，哪有要钱的道理！

黄镇长执意要付钱，并一本正经地说：大妈，我们党要求每个干部廉洁自律，不准贪国家和老百姓的一点便宜。我吃了你家一顿饭，你不收钱，这岂不是损害了党在老百姓心中的形象吗？

说罢，黄镇长客气地和赵大妈作别，走出了家门。

赵大妈手里拿着二十元钱，看着黄镇长远去的背影，不禁联想到五六十年代干部下乡到老百姓家吃完饭付钱付粮票的事情，深有感触地自言自语着：这才是共产党干部的好作风啊……

**作者简介**

段婷婷，山西省稷山县化峪乡程杜村人。大专学历，高级按摩师。热爱文学。曾在省、市报刊发表文章数篇。在各网络平台发表小说、散文数百篇。

# 爱奇石的高局长

高局长是个实在人，在位时为职工办了不少有益的事。他退休以后，职工碰到他，都会主动跟他打招呼，仍然尊敬地称呼"高局、高局"。

高局长是山里娃出身，对大山有特别的感情。不知从什么时候起，他养成了收集奇石的爱好，家里摆有不少具有观赏价值的奇石。

一日，与高局长光屁股长大的狗娃登门造访，给他带来一块足有五十斤重、熠熠发光的矿石。他喜出望外，特地挽留狗娃吃午饭。席间，两人对饮干掉了一瓶茅台。

送走狗娃，高局长请邻居王熊做了一个座儿，将大矿石安放好，摆在家中显眼的位置。他还特意拍了照片，通过微信发给狗娃。狗娃看了，心想，高局长还是重感情，我送一块普通的石英石，他都要打扮得有模有样。

没过几日，高局长先前的秘书小秦来到家中，说了几句问候的话，便从随身的挎包里掏出一块石头送给高局长，说是在新疆旅游时拾得的。初看这块石头，看不出有什么特别。

小秦还没落座，就急着走了。小秦走后，高局长将那块不起眼的石头丢在一角。他觉得那块石头没啥看头，太小气。

隔了一日，高局长拿起小秦送的那块石头端详了一会儿。不知为什么，他心里有点不是味道：我对小秦不薄啊，退休时还推荐他担任了领导职务，为什么就送这么个"玩意儿"给我？有何用？

窝了几日闷气，高局长忍不住了，总想找个人说说。他想到了狗娃，直接视频通话："兄弟啊，在忙什么？不耽误你工夫吧？"狗娃姓赫，高局长自打参加工作以后，就一直称狗娃为兄弟。

"高局呀，不忙，你打电话再忙也得聊聊呀！"狗娃面部几乎贴着手机视频，笑呵呵地。

"还是我们兄弟感情深呀，你送那么大块矿石给我，我没拿什么感谢你，心里总是觉得过意不去呀。"

"高局啊，我送你一块普通的水晶石，那天却喝掉你一瓶茅台酒，太值了！"狗娃笑得合不拢嘴。

狗娃是做矿石生意的，先前也曾采过矿，对矿石有一定鉴定经验。高局长举起小秦送的那块石头问狗娃："兄弟啊，你看这是个什么玩意儿？"

狗娃定睛一看："高局哎，你别看这块小家伙，有可能是一块和田玉呀！谁送你的，好有情意哟！"

"是我先前的秘书小秦送的。"高局长不相信是玉石，连连摇头，"不可能，我在位时小秦都没送过值钱的东西。现在送，哈子还差不多！"

"高局啊，凭我的经验，绝没看走眼，是块值钱的宝贝！"

高局长家对面有一个玉器店，店里有位玉器鉴别师，听狗娃那么一讲，他连忙将小秦送的石头拿过去鉴别。

鉴别师姓甄，他一接过手便直接问："高局，你出个价，我买下了。"

"真的？"高局长惊讶地问。

"真的。"甄师傅认真答道。

"没骗人？"高局长盯着甄师傅的眼睛问。

"高局，您看，骗谁也不敢骗您。"

"那你说这块玉能值多少钱呢？"

"不要还价，三万八卖给我？"

高局长赞赏道："大师，你好眼力！但是我不能卖，这可是我一位小兄弟送的。"

"你这小兄弟真够义气哟，拿这么值钱的玉石送您！"甄师傅十分羡慕地说。

高局长离开玉器店，小心地将那块玉石抱在怀里，心里念叨着："狗娃眼睛真贼，一眼就识别出来了。"

高局长回到家，急忙拨通小秦的手机，用老局长的口气说道："小秦啊，你送那块石头给我想搞什么名堂？你在办公室等我，我马上打车过去！"高局长没让小秦说一句话，放下电话，带上那块玉石就心急火燎地走了。

作者简介

粟丹东，男，广西全州县人，广西桂林市作家协会会员，广西摄影家协会会员，从事过教师、宣传、记者和编辑工作，现在地方央企供职。

# 李主任

　　自行车是当年最时髦最流行的交通工具，刚参加工作的我十分需要，而且谈好的对象，没有任何要求，只愿有一辆自行车。要不，有吹灯的危险。

　　这天中午吃完饭，我闷闷不乐地回到家，母亲从上衣口袋摸出两张崭新的"大团结"递给我。

　　"儿啊，发愁也没用。拿上，去城里买些名牌烟酒吧。"

　　"干吗？"

　　"眼下，这套玩意儿正时兴，人家叫'研究研究'，咱们叫'润滑润滑'。"

　　可是，究竟应该孝敬谁，奔哪个庙门呢？我忽然想起高中上学期间的好友他叔叔，现在商业局的李主任。早上开会时就听说，为照顾乡镇工作干部，县里给了十几个购车指标，全权由李主任安排。于是，经同学沟通好后，我决计去找李主任。

　　主任家住县城，我气喘吁吁地走了半个小时，买了两瓶包装美观的曲酒和两盒高级中秋月饼，好不容易才找到李主任的院门。这是一个小四合院，那间南房由于年久失修，像个龙钟老人，弯腰驼背地藏在那儿。屋里亮着灯，破裂的窗玻璃用纸条糊着。我愣了一下，堂堂的商业局领导就住这么个地方？找错了吧？管他是不是，问问再说。我硬着头皮敲了几下门。

"请进！"一个很客气的女人声音。

"这儿是李主任家吗？"我推开门，小心地问道。

"还没回来，要有急事，就坐下等着吧。"那女人很瘦弱，一动不动地坐在椅子上，瞥了我一眼，接着又低下头编织手中的毛衣，她无疑是主任的夫人。

我诚惶诚恐地坐在一把旧藤椅上，把装着我"希望"的提包藏在身后，呆呆地望着她。

"找他有啥事？"主任夫人好像随便问了一句，却仍然坐着不动。

我不知在这种场合下该怎么应酬，只好搭讪道："噢……噢……主任每天都回来得这么晚吧？"

"他呀，忙得要命！"不知是褒还是贬，她不冷不热这么说。

"主任真辛苦！"我竟会说出这种酸溜溜的话来，自己听着都刺耳。主任夫人嘴角一撇，露出一丝淡淡的冷笑，好像在嘲讽谁，我有点不安了。要知道，哪怕说出半句不中听的话，也会惹出麻烦啊。我不敢再说什么了，但这分明是做不到的，我看见眼前主任夫人像一尊雕像，假如我不主动打破这种沉闷，那我只会更尴尬。

于是我便背台词般地说："大家都说主任是个好领导呢。"

这句话简直是从牙缝里挤出来的。

主任夫人仍旧那样淡淡地一笑，并且带来一种不满的神色瞅了我一眼。我心里一怔，意识到自己说了句不该说的话，我真恨自己，白白上了几年学，竟毫无应变之策。

幸亏来了"救星"。正在我为难的时候，又进了三个人，提着大包小包，一看他们的表情，我就断定他们来这里的目的跟我一样，不过，人家显得比我有经验，一进门，就亲亲热热地和主任夫人打招呼，并且微笑地走过去摸摸孩子的脑袋，俨然很熟悉的样子。

奇怪的是，主任夫人并没有立起身迎客，她只是指着桌子上一个笔记本："同志们有事，请写上面，拿来的东西请拿回去。不然，他回来就麻烦了。"

"嘿嘿……没什么好的，快过中秋节了，给孩子们……"一个胖胖的来客很大方地把东西倒在桌子上。我看清楚了有罐头、香烟、水果……

"不行、不行！"主任夫人着急地坐在椅子上摆摆手，"是不是让他亲自给你们送回去？"

其他两位来客看看胖客人，也急急忙忙地往外掏礼物。

床上的小孩子坐起来了："大苹果！"啪！孩子的手上挨了母亲一巴掌："没出息！"孩子委屈得哇哇大哭。

趁着屋里乱作一团，我放下东西夺门而出，像做贼般。刚才那一幕狠狠地扎在我的心上。

时间过去了一星期，我给李主任发出一封恳切的陈述信，但是一点儿回音也没有。希望十分渺茫，心里又刻意追求平静，也许，主任夫人当时只不过是做出某种姿态吧。如果是这样，我的事可能还有点门……

过了没两天，我见有个瘦高的中年人从我家里出来，他骑着一辆破旧的自行车。我急忙跑回家，大声问道："妈，刚才来的是谁？"

"是商业局的李主任呀！"

"李主任？"我吃了一惊，转身追出门外。

人已经走远了，我只看见他那远去的背影。

转回家，一眼看见充满"希望"的礼物原封不动地放在写字台上，旁边还有一张便函。

　　小军，你的情况我知道了，我很同情你，但你不能
这样干，共产党的干部要公正、公平，要战胜腐败侵扰。
　　东西，物归原主，你的事，我们正研究。

一个艳阳高照、碧空如洗的清晨，电话里传来李主任洪亮悦耳的声音："鉴于你是不久前省里表彰的青年英模，又是咱们广播站的特邀通讯员，我们讨论研究特别奖售你一辆名牌自行车，请带上单位介绍信去五交门市部办理手续。"

……

作者简介

淡亚军，山西省芮城县人。

# 清　白

　　二棍娘的黑发全变白了，起初只是两鬓，紧接着是前额，再后来从后脑勺直接白了下来，成了一个白发老太太。二棍娘才五十来岁。

　　头发变白事小，二棍娘开始不思茶饭，不眠不休。二棍爹原本照旧下地劳作，不急不躁，做做样子给老伴宽心，看此情形也有些慌了。家里已有个糟心事，老伴这个状态下去，再摊上一桩，这日子还咋过？

　　二棍爹顾不得脸面，连忙托亲戚朋友四处打听。打听谁？派出所张所长。二棍爹老实巴交，一辈子没得罪过人，怎么能和派出所有瓜葛？大家不自觉地把猜测引到二棍身上来了。

　　二棍是家里的独子，随着家族排行取小名二棍。二棍的老实是远近出名的，随他爹。举个例子：从小跟爹赶个集或者去个超市，都把手藏到背后，以防人家丢了东西怪罪到自己，以至于这个习惯长大都改不掉。那个远远背着手走过来的人，一定是二棍。

所以把二棍和派出所联系起来，大家都觉得不可思议。

但是二棍爹娘的反常变化，只能说明二棍家里出事了，出大事了。

果不其然，二棍是在铁厂让派出所的人带走的。铁厂是附近一家民企，占用了村里的地，所以为村里解决了一些劳动力，尤其是像二棍这样二十多岁的年轻人。

事情是这样的：二棍厂里废旧的边角料丢失了半吨，看护工人张铁锁和狗蛋实名举报是二棍偷的。理由是那天晚上，只有二棍在废铁房附近转悠。门口监控显示，二棍确实拉了一车废铁出去。厂里只管丢废铁的事，至于孰是孰非，让派出所说去。

二棍娘绝对不相信这个事情，头摇成拨浪鼓。吃自己奶长大的孩子，脚趾头都知道能偏离到哪个程度。但办案讲究事实，有人证，有监控为证，除非二棍能推翻证据。二棍直喊冤枉，只说那晚恰巧路过废铁区，帮两人把废铁拉出大门口，便回家了。

二棍的话显然有些苍白。毕竟出现在众人视野里的，是他在拉废铁。如果坐实，那可是要坐牢的。二棍娘跌跌撞撞地从派出所回到家。头发迅速白了。

二棍爹卖了两只羊，又凑了些钱，直奔张所长家。

"事情还在调查中。"张所长厉声说，"你这样做，不仅污了我的清白，而且连带了二棍的清白。"

钱没送出，二棍爹有些失望，但张所长的清正，让他感到一丝希望。

其实，张铁锁和狗蛋也曾私自见过张所长，求张所长还他们清白。

张所长深感责任重大，凭直觉，这件事并没那么简单，可一时无法找到突破口。他猛吸一口烟，二棍娘饱含期盼的眼神浮过脑海。张所长决定再次接触二棍，寻找细节。

远远地，二棍背着手走过来，像个做错事的小学生。看守的人说，很奇怪，二棍除了吃饭、干活，走路永远都背着手。这个特殊动作引起了张所长的思索。出于职业的敏感，他重新调整了侦破思路。

当务之急是找到废铁买家。偌大的县城，能收购废铁的，只有三两家收购站。张所长亲自出马，锁定了承认交易的废铁收购站。下边是张所长与收购站老板的对话：

"几点卖的废铁？"

"晚上十点。"这个点和二棍那晚的时间吻合。

"几人来的？"

"一个叫二棍的人来的，顺带把账也结了。"老板拿出了账单。

"噢……"张所长若有所思。

"说说拿到钱的细节吧。"张所长突然转变了思路。

收购站老板措手不及："拿钱还有细节，装到裤兜里，走了呗。"

"手放在哪里？"

"始终都在裤兜里啊！"

老板强调着："不应该是这样吗？"他自言自语。

张所长没过几天便把案子结了。

张铁锁、狗蛋、收购站老板齐刷刷入驻看守所。二棍被解除了看守。他习惯性地背着手走出来。废铁厂老板看到二棍独特的走路姿势，恍然大悟。

本来那晚，二棍只是下班路过，好心帮个忙。他并没有到过收购站，却成了替罪羊。张所长另辟蹊径，还原真相，巧妙地还了二棍清白。

二棍爹逢人便夸张所长"清正廉洁，料事如神"，二棍娘把白发染得乌黑油亮，梳得精精神神的。

作者简介

刘海红，山西省介休市人，中国微型小说学会会员、山西省作家协会会员。有作品发表于《阳光》《散文选刊》《长篇小说选刊》《山西文学》《微型小说月报》《小说林》《小说月刊》《金山》等杂志，小小说连续三年收入各类年选，并入围2020年微型小说排行榜，散文荣获《散文选刊》年度二等奖、河北作协举办的征文二等奖。

# 连阿姨

　　快下班的时候，上任三天的吴局长对人秘科赵科长说："我的办公室要整理一下，特别是那些旧书废报要处理掉。"

　　连阿姨是单位的保洁员。她接到赵科长的电话通知后，立刻找来绳索、蛇皮袋和扁担，三步并作两步来到五楼的局长室。吴局长提着包正准备出门，见连阿姨进来，指着墙角说："阿姨，就这些书报。"

　　连阿姨看着一排排一沓沓堆放在那里的书报，不由得头皮发麻。她一边答应局长"好"，一边又问了一句："吴局长，这书报放哪儿？"

　　"没什么用，你卖掉吧。"吴局长随口说完这句话，走了。

　　连阿姨来自农村，四十刚出头，一米六几的个子，皮肤红黑红黑，身强力壮，在老家耕田种地砍柴挑担是一把好手。这次招聘进来，是为了陪儿子在城里读书。她打捆，装袋，挑下楼，花了两个多小时，累得是满身湿透。随后，马不停蹄，找来三轮车，分两趟把书报拉到不远的废品收购站。

老板说："四百一十八斤，每斤四毛，一百六十七块。"

连阿姨说："是七块两毛。"

老板说："这两毛就算了，没零钱。"

连阿姨又说："不能算了，我可以找开来。"

第二天一上班，连阿姨来到人秘科，一边把钱递给赵科长，一边说："赵科长，这是昨天卖书报的钱，一百六十七块两毛，你数一下。"

赵科长一愣，也没有接钱，过了一会儿，他对连阿姨说："你给吴局长吧。"

等到吴局长有空，连阿姨赶紧进去，首先把钱放在局长办公桌上，然后简捷地汇报了一下。

吴局长听后，笑了笑说："阿姨，这些钱我不要，你拿去吧。"

连阿姨心里一惊："给我，这不合适吧？"

"没什么不合适，就算是你的劳动报酬。"

"我拿了工资，这本来就是我分内的事，我不能要。"连阿姨固执地说。

"连阿姨，别说了，就这样，我还有事。"

连阿姨极不自然地站在那里，不拿钱，也不走。吴局长正要发脾气，但他看到面前这位憨厚、淳朴的农村妇女满脸迷茫地看着自己时，不仅没有开口，顿时还陷入了短暂的沉思。双方沉默、僵持了半分钟，吴局长突然站起身，笑笑地走上前，握着连阿姨的手说："阿姨，对不起。刚才我的态度不好，请原谅。你辛苦了，钱就放我这里吧。"

　　半个小时后，吴局长找到连阿姨，亲手交给她一张单位开的收款收据。

作者简介

　　超然，江西省赣县人。

# 考　核

一年一度的领导干部述廉考核正如火如荼地举行。这不，经过三天紧锣密鼓的工作，初步确定了十名廉洁模范。

年年岁岁考相似，岁岁年年考不同。今年，县上要通过考核，评出个甲乙丙丁，考出个子丑寅卯，要实打实地把干实事的清正廉洁的干部选出来，要硬碰硬地把务虚名吊儿郎当的干部挖出来。就是这十名干部，还要最后再进行一次考察。

时间定了，地点定了，参加人员定了。参加人员是全县县直各单位、各乡镇的一把手，模范所属单位的群众代表五人，社会群众三十人。当然还有报社、电视台媒体人若干。新上任的纪委书记廉清明亲自上阵，当主持人。

会议开始，廉书记做重要讲话。他指出，这次考核不是"打个钩，走过场"，而是"刨到底，动真格"，是"亮真相，真亮相"。廉书记讲完，请十名廉洁模范集体亮相。只见这十位干部西装革履，意气风发，踌躇满志地走上主席台，并面带笑容向观众鞠躬致意。台下响起一阵掌声。

廉书记接着严肃地说，请各位模范交出手机交出稿子，本次考核采用的是现场脱稿式演讲，而不是现场读稿式。下面请 1 号模范上场述廉，其他人到候考室等待。

干部们原来只听闻廉书记的工作怪、狠、准，今天，大家算是看到了，这和原来的考核截然不同，每个人的神经都有点紧张，不，是很紧张，谁知道廉书记会使出什么"王炸"。会场也比任何时候都安静。

该死的 1 号！抽到 1 号的某某局局长头嗡的一声大了，他没有任何缓冲的机会。这一下不要紧，稿子里的内容好像一点都记不住了，而且他好像越想回忆点什么，就越觉得头脑一片空白。尤其那镁光灯白花花一片光，照得他竟有点刺眼眩晕，他杵在那里，一时有点不知所措。但幸好他也算是见过这阵仗的，稳了稳情绪，围绕材料中的几个大标题约略地讲了几点。但听众觉得他讲的就跟外国人学中文一样，不顺溜。接下来的几个人大致雷同，有的还不时挠挠头，有的还不时擦擦汗，有的手好像不是自己的手。

但是 5 号模范一出场就显得与众不同。只见他面带微笑，步态从容，落落大方地走上主席台，向观众深鞠一躬，然后目中无人、口若悬河地娓娓讲述，好像他面对的不是偌大的会场，而是一个小小的会场，一切都胸有成竹。5 号是县党校校长柴真理，大部分人都认识。

这时候，廉书记的脸明显放晴了许多。

……

会议的第二项议程，请群众代表讲出被考核干部的两三个廉政故事。当廉书记说完这句话的时候，台下一片骚动。群众席上甚至响起了一阵掌声。廉书记又说，当然，也可以检举被考核干部的腐败线索。廉书记意味深长地说，出出汗，发发热，不吃药，治感冒，你好我也好，干部就要接受群众的监督，群众就是干部的镜子。

群众席上明显有点不安。一些人你看我我看你，一些人把头埋得很低，还有几个人不时抬头看看主席台。一个人连续抬头看了几眼主席台之后，突然站起身走了上去。台下随即爆发出一阵掌声。只见这个人走上主席台，上去就接过廉书记递出的话筒，也忘了自我介绍，开口就说，我们局长不吃烟，不喝酒，不赌博，不爱游玩，不沾女人，不贪财物。我们局长平常没架子，是一个大好人。中间他愣怔了一会儿，好像想不起什么了。就说，我说完了。台下哄堂大笑。

廉书记说，刚才那位同志给大家开了个好头，希望大家踊跃发言，但一定要讲得具体点，不能笼统。这时群众席上又上来一个人。这个人显然镇定了许多，他走上主席台，先做了一下自我介绍，然后说我讲一下我们党校校长的故事。有一年我们校长给儿子完婚。因为老家房屋荒废，就借用党校灶房蒸馒头。由于这是妇女们操心的事，校长也就没管事儿。事情过去了几天，有一天校长好像突然想起了什么似的，就问他爱人是不是用的公家的煤炭。他爱人说用一点点煤炭又不是什么大事儿。校长说，瞎整，逮住他爱人骂了一顿，完了就让人给灶房送来了两袋煤炭。这是实实在在的事儿。

大家如果不信，我再说一个。我们校长有一个女儿，女婿大学毕业，在另一个单位工作。有一年被提拔为中层干部，我们校长一听，不知是哪根筋不对了，就跑到那个单位的领导办公室，非要人家把他的女婿给撸下来。人家单位的领导好说歹说，才算给他解释清楚。

说完，这个人对着观众席深鞠一躬，台下掌声经久不息。

廉书记适时点评。他说真金不怕火炼，真人不怕露相。如果一位同志说了一个故事我们还怀疑造假，那么多位同志说了多个故事，我们已经没有理由不相信事实。

……

大会第三项，廉书记故作神秘地说，今天，我还要向大家展示一件宝贝。这件宝贝是我前期在各单位考核时在一个干部办公室发现的，今天特地借来一用。说完，廉书记让工作人员小心地打开一个小箱子，然后让工作人员把一个折叠得整整齐齐的东西放在桌子上。前面几排的人瞪大了疑惑的眼睛，后面有的人直起了身子，都想一睹为快。

廉书记说，刚才我看到大家都很好奇，其实它就是一件普通的线毯，但它也并不普通。大家请看，说着让工作人员把毯子抖开拉展。哎呀呀，大部分人都有一点意外，这哪里是毯子呀，这分明是一件镂空毯子呀，上面尽是密密麻麻的大洞小洞。廉书记请工作人员把毯子拉展沿会场过道走一圈，让大家近距离瞧瞧。工作人员随即走了一圈回到主席台。廉书记接着说，刚才大家看到了什么？大家说，毯子呀。廉书记说，你们只看到了毯子，你们没看到毯子上还缝着几个字：小洞不补，大洞难修，百洞成网。廉书记说，这就是党校校长柴真理的父亲留给他的最丰厚最宝贵的遗产。我提议，为柴真理校长和他的父亲鼓掌。廉书记又提了提嗓门意味深长地大声说，同志们啊，此网非彼网，大家好自为之！

　　台下响起了好一阵掌声。在这掌声中，廉书记亲自给柴真理校长戴上了大红花。

**作者简介**

　　杨自莹，男，生于1970年8月。山西省芮城县人。山西省作家协会会员，芮城县作协副主席。曾在《诗潮》《诗林》《新诗大观》《河东文学》《长江诗歌》等三十余家报刊发表作品二百余首（篇）。诗歌作品入选2013年《中国诗歌三十年》。散文作品《握雪》获2014年中外诗歌散文邀请赛二等奖，出版诗集《发痒的春天》《风铃叮当》。

# 绩效考核

陆副局长喝第一口酒的时候，味蕾告诉他这绝对不是茅台酒，倒像农家自酿的米酒。陆副局长想：谁这么大胆，竟敢送假酒给领导？

这是陆副局长组的饭局。那年在绩效考评的关键时候，陆副局长多次想请分管绩效考核的张处长坐坐，但都被张处长拒绝了。这次是陆副局长转弯抹角通过一位厅级领导才勉强把张处长请出来的。饭店是张处长定的。张处长说，饭店是他哥们开的，没有山珍海味，只有家常菜，但是食材好，味道纯正。

陆副局长请示张处长喝什么酒。张处长说出来吃饭已经违规了，哪还敢喝酒。陆副局长拍着胸脯保证："绝不违规，不花一分公款，所有费用我自掏腰包！"张处长"妥协"后提了一个条件："家里还有几件茅台镇的酱香酒，由我出酒！"

陆副局长当然明白茅台镇的酱香酒是什么酒。只是没想到这酒却是一股农家酿的米酒味道。

在请张处长吃饭之前，陆副局长跟局长汇报绩效考核成绩的时候，有些沮丧："我们跟第三名就差 0.1 分！"局长铁青着脸没有说话。

全省十八个地市，每到年底的时候，各地市的分管领导都跑去省厅打探各自的成绩，是前三名还是狗尾续貂，这大有讲究，每个名次之间分数是差之毫厘，却是失之千里：前三名是一等奖，四至七名是二等奖，其他名次不计成绩。不计成绩，意味着全年就白干了，不仅影响到全局人的绩效，也影响到全市的绩效。大家辛辛苦苦工作一年全指望年底这笔绩效过年呢……所以市长跟局长说今年你再不拿个一等奖回来，局长你就不要干了。局长对陆副局长说："今年你再不进入一等奖行列，你就卷铺盖走人！"陆副局长的前任就是因为绩效成绩不好，才被调整岗位的。

陆副局长跟局长抱怨省厅的考核标准不科学："只评一二等奖，而且一等奖的名额有限，对我们太苛刻了。"陆副局长有些委屈：一年来，他跟同志们白加黑、5+2 地工作，换来的是第四名，就差 0.1 分而能进一等奖行列，怎能不叫人憋屈。

但是局长却不听陆副局长的解释，局长说："我只要结果！"

吃完饭，陆副局长把张处长等人送上车，回头去前台结账。前台告诉陆副局长一共 15680 元。陆副局长吓了一大跳：点菜的时候他特意留意了一下菜价，都不贵，一桌菜钱应该在 1000 元以内，酒是张处长带来的，不要钱……前台说问题就出在酒身上。前台说 6 瓶茅台酒，每瓶按 2500 元算，一共 15000 元，菜钱只有 680 元。陆副局长说张处长讲好的，他带酒来呀。前台说酒是张处长带来的不假，但张处长特意交代：每瓶酒2500 元。前台说："领导，你要觉得我骗你，你可以打电话给张处长。"陆副局长感觉嘴里吃了无数个苍蝇，恶心得想吐，他咬牙把账结了。临走，前台问要不要开发票。

陆副局长挥挥手，头也不回地走了。

半个月后，绩效考核成绩出来了，陆副局长他们还是没能进入一等奖行列。对此，张处长没有给陆副局长任何解释。

第二年伊始，陆副局长要求底下的同志们"起步就要提速，开局就要争先"，那一年经过陆副局长及同志们的努力，最终他们进入了一等奖行列，而且是第一名。

那年开完绩效考核会，张处长特意叫陆副局长等五个市的副局长留了下来。张处长向陆副局长表示了祝贺，同时再一一给各位副局长一个信封，张处长说信封你们回去以后再拆开来看。

陆副局长回到单位，拆开信封，里面有 15680 元钱，还有一封简短的信：去年我的电话被你们请吃饭的电话打爆了，为了能公平、公正地进行绩效考评，我特意弄了老父亲酿的米酒用茅台酒瓶装了给你们喝，并收了每瓶 2500 元钱……这事我向厅党组及纪检组备了案，现在返还给你们，希望你们能理解。

陆副局长拿着 15680 元，久久说不出话来。

---

**作者简介**

邓焕，男，广西桂林市临桂区人。曾获 2020 年"田工杯"勤廉微小说全国征文大奖赛二等奖，有中短篇小说在《小说选刊》《小小说选刊》《微型小说选刊》《小说林》《广西文学》等刊物发表。

# 镇长买枣

王老汉在马路旁边摆了个枣摊，红枣皆用小塑料袋装好，每袋五斤，为的是让过路汽车司机和路人买枣方便，如买主不放心，旁边就放着秤。

今年秋季多雨，枣农的红枣大都裂口的裂口、烂掉的烂掉。王老汉卖的这几十塑料袋红枣还是从好几棵枣树上挑选出来的。然而尽管这样，红枣的品质远不如去年，因此几个钟头过去了，他竟连一斤也没有卖出去。

王老汉正在愁眉不展时，突然有一辆小轿车停在了眼前。继而车门打开，走下来一个中年男子和一个年轻小伙子。

那中年男子走进了附近枣园里，兴许是解手去了。年轻小伙子走到枣摊跟前，看了看塑料袋内的红枣，问道：老人家，多少钱一斤？

王老汉说：四元钱一斤。一袋二十元钱，共五斤，不相信旁边有秤哩。

小伙子说：你看，这红枣有裂口的，倒出来让我挑好的行吗？

王老汉说：那不行，秋季雨水多，大部分枣都烂掉了，就这几十袋枣，还是我从七八棵枣树上挑出最好的。

小伙子又说：那你再便宜些行吗？我们可买得多。

王老汉说：小伙子，这就便宜着哩。实话给你说，就这价钱把枣全都卖出去，还远不够我浇树打药和管理费呢。

"小李，不要和老人家争价钱啦。今年雨水多，红枣收成不好，枣农就够恓惶的。"不知啥时候那个中年男子站在了枣摊边插话说。

小伙子回过头说：刘镇长，你看这枣裂口的不少，咱掏这价钱买实在不合算。

刘镇长说：我掏腰包哩，你别多嘴，刚才我到枣园看了一下，地上满是烂掉的红枣，枣农亏本不小呀。把老人家这几十袋枣全装到轿车后备箱内。

小李说：刘镇长，咱要不了这么多枣。再说，有裂口的枣慰问敬老院的老人们合适吗？

刘镇长说：到镇政府把这几十袋枣再挑选一下不就好了吗？

小李不再吭声了，急忙搬运起红枣袋，刘镇长如数付了款。

王老汉手里拿着刘镇长给的钱，猛地省悟了，忙问：你是俺乡镇镇长？

刘镇长笑着点了点头。

小刘说：他就是新调来的刘镇长！

王老汉急忙说：刘镇长，这钱我不要了，我娃也在镇上当干部，你是我娃上级领导哩，这些枣就当我给你送礼了。您可别嫌枣不好！

刘镇长说：老人家，您的心意我领了，这枣我是断然不能白要的！老百姓就是我们的衣食父母，我也是农民的儿子，哪有儿子收父母礼的道理？再说，当干部就要廉洁自律，和党中央保持高度一致！

王老汉手里拿着刘镇长给的钱，感动地说：我说呢，你一下车就到枣园里去了，原来是看老百姓红枣损失情况，还掏自个钱慰问老年人哩。刘镇长，你真是个体谅关心咱老百姓的好干部呀！

作者简介

胡拾桃，山西省稷山县稷峰镇下迪村人，大专学历，酷爱文学创作。曾在《枣花报》《运城日报》《山西农民报》刊登文章数篇。在各网络平台发表小说诗歌散文近千篇。

# 法　宝

阿周在村民委员会换届选举中以微弱优势，击败了原任村主任阿兵，成功登上村主任"宝座"。

饭桌旁，阿周妻子耐心地劝丈夫："咱比人家阿兵只多几票，干上以后少得罪人，睁只眼闭只眼，得过且过吧。"阿周只顾吃饭没有作声。

走马上任。阿周大刀阔斧雷厉风行——

"不符合政策的低保户贫困户五保户拉下来，符合政策的报上去。"

"大街两旁多占的临时搭建的彩钢瓦房强行拆除，堆放的柴草垃圾全部清理干净。"

"前几届村干部私自承包村里的提留土地全部收回，重新予以公开承包。"

自筹资金打水井，建舞台，硬化街道……公开招标，所有民生工程有序进行，村民代表行使着监督权利，财务月月公开。

白驹过隙，时光荏苒，三年任期已满。新一届选举，候选人还是阿周和老对手阿兵。

还是饭桌旁。妻子埋怨他，得罪了那么多人，肯定选不上，竞选也是去陪榜丢人。阿周仍是吃着饭没有作声。

换届选举日投票之前，阿兵洋洋得意，阿周沉着稳定，似乎成竹在胸。

选举结果出人意料，阿周得票明显超出阿兵很多，连选连任。

仍然是饭桌旁。妻子悄悄地说："这就怪了，你难道掌握着选举法宝？"

阿周这回没有沉默，他对着满脸疑云的妻子说："有法宝，那就是'廉政'二字。"

作者简介

权保骏，山西省稷山县西社镇李老庄人。

# 日·春

七彩的音符
溅湿了窗棂上的晨曦
追逐一夜游走的风

一帘阳光
满街都是渐行渐远的背
初心写满沿途风景

春之绿啊
是金色的太阳
捧着蓝色的宁静
跳跃在白云圣洁上
的律动

——王纪峰

# 三社锣鼓

合子从村西不远的下社和中社两村协商调解联名上访回到上社村的时候，正是那天的下午。村中北边的亭子里还坐着晒太阳的七八个老头。合子过来就一边敬着烟一边"大爷大爷"地问候。"老书记，抽支烟。"合子把烟递过去，那个被合子叫作老书记的老头低着头。有旁边的老头喊："清正清正，第一书记给你烟哩！"叫作清正的老书记还是没有言声。合子上前推了推老书记的身子，才发现老书记坐在椅子上殁了。

小小的院落挤满了前来吊唁老书记的人。这是村子最窄小的院落。东西北三面各三间一坡流水的房子，南边一面照壁墙，院中心留下的仅是南北不到九米东西不到四米的院中心。这是"土改"那年分给老书记他爹的，传到老书记这辈，老书记就一直住着。村子所有的村民都划建了宽大的新院或是迁移合并了院落，而老书记依然住在这个二分多点的小院子。老书记在任的时候，东西邻居划了新院相继搬走，几个村干部都愿意把旧宅让老书记合并一个大院子。老书记说:"我是书记哩,遇上好事咱当干部的咋能先展手?"几个村干部说:"赵书记,你这次不合院子,以后你的小院就再没有合一个大院的机会了。"老书记说:"大院小院都不一样住人哩嘛!"几个村干部好说歹说,老书记硬是没有同意,坚持把两个旧宅让另外两家住着小院的邻居合并了。

村第一书记合子和几个村干部合计安排着老书记的葬礼。老书记无儿无女,1983 年那次大暴雨,孤峰山的洪水野兽般地冲下峨眉岭二阶台地,上社、中社、下社三个村一抹儿坐落于峨眉岭二阶台地的沟坎上,洪水从上社村冲过,处在坡下的中社和下社两村墙倒房塌。老书记在上社村安排好本村的防洪后,看到下边两个村子的险情。他在村广播里拼命地呼喊着,之后便组织上社村的青壮年扑进中社和下社的抗洪抢险中。老书记的儿子振国那年刚退伍回来,原本准备腊月结婚的,老书记指挥着儿子带领十几个年轻的后生冲进最危险的下社村。与洪水搏斗了三个小时后,儿子不幸被一股强大的洪流卷走。转移到安全地带的村民眼睁睁地看着书记儿子连同孤峰山一路奔腾而下的泥沙卷进了下社村一百多米深的机井内。那场暴雨连续下了一个晚上,第二天洪水退去之后,那眼深井几乎被泥沙填平,老书记的老婆在深井边哭了三天,后来趁着天黑又偷偷跑出家,一头扎进了满是稀泥的深井里。老书记蹲在满是泥水的井边闷头抽了三天烟。上社、中社、下社三村的村民站在深井边默默地守了三天。从此老书记一个人过起了日子。

遵照老书记丧事从简、所属财产归集体的遗嘱,合子跑前跑后安排着第三天老书记的出殡事宜。中午的时候,中社和下社两个村的村委主任来了，他们找到合子，说中社和下社两个村子的锣鼓一定要在老书记出殡之日为老书记送葬。合子吃惊不小，说：真的？中社和下社两个村的主任含着眼泪点了点头。

合子两年前到上社村担任第一书记的时候，他知道上社、中社、下社三村锣鼓几十年的恩恩怨怨。三社锣鼓响，不死就是伤。这是几十年无法打破的魔咒。20 世纪 80 年代以前，这三个自然村同为一个行政村，三个自然村本是同门同宗的赵姓人。明嘉靖年间一赵姓的中年夫妻一担挑着三个儿子从河南逃荒过来，在峨眉岭二阶台地沟坎开垦落户，三个儿子长大后依沟坎分开居住，后经近五百年的繁衍生息，逐渐形成一个共计一千多人的三个自然村落。因为居住分散，也为便于本自然村婚丧嫁娶热闹之事方便，后来三个自然村各自置办了自己的锣鼓。三社有同一祖祠，赵家祖祠一直在上社村东边高高的崖上，每年祭祖三社锣鼓常常为谁家走前走后互不相让大打出手。最厉害的是 1975 年祭祖，三社锣鼓又因前后排序发生一场恶战。那次恶战三个自然村各死一人，轻伤重伤不计其数。之后被人民公社合理分村，一个行政村分成了三个各自独立的行政村。后来中社和下社两个村子也各自在自己的村子盖起了赵姓宗祠，从此老死不相往来。前些年，上社村一位在外地当副县长的干部，老父亲去世，希望让中社、下社的锣鼓一起过来送葬，并承诺丧事之后，他会筹集拨付资金帮三个村全部硬化村中大路小巷。那个副县长好话说了一箩筐，中社、下社的锣鼓负责人一直没有答应，副县长三社锣鼓同场送葬的愿望终是没有如愿。

第三天老书记出殡，一百多人的三社锣鼓一同敲响，没有次序争吵，三社锣鼓的鼓手一律一字排开走在送葬队伍前面，后面不分村次的铜钹铜锣手整齐地跟在鼓队的后面，咚咚、锵锵、咚咚、锵锵、咚咚咚咚、锵锵锵、咚咚咚咚、锵锵锵——

村民们流着眼泪，说赵清正老书记这辈子，值了。

老书记葬礼不久，已经报批半年之久的上社、中社、下社三村合村之事出奇顺利。随后，似乎是没有约定，三个村村民主动到县乡两级政府要回了各自拒绝合村的联名上访信。

那年冬季，三个村村民主动放倒了各自村头的村名牌标，在三社锣鼓欢快的敲打中，一个"泉河县三社村"的村牌高高地站立在三社村村前的大路口。

三社村的村民记着，那年冬季的太阳很好，阳婆子好暖和。

作者简介

　　陈永安，男，中共党员，1963 年生。山西省万荣县人。中国民间艺术家协会会员，山西省作家协会会员，在《山西文学》《黄河》《百花园》《散文选刊》《小小说选刊》等刊发表小说《六爷生平纪要》《紫河滩》《楼门巷女人》等，著有短篇小说集《两个人的村庄》等。

# 定点停车

句孩刚一在训练场现身，教练的吼声就如水般兜头泼了过来。

"那个句孩，你明天还要不要考试？怎么又迟到了？"

句孩咧嘴一笑，不语。句孩面皮黧黑，牙却雪白。句孩一咧嘴，整张脸就寒光闪闪，倒也明媚生动。

句孩放下手里的塑料袋，猫腰急吼吼跑向教练。塑料袋里整张油汪汪的草帽饼，是句孩今天一整天的吃食。别的学员练车练到饭时，都会跑到驾校门口的饭店里美美撮一顿，只有句孩一个人歪在训练场的梧桐树下，半张草帽饼就半瓶矿泉水，一顿午饭就打发过去了。

几个女学员笑句孩，说句孩一连三天，天天草帽饼，也不怕倒了胃口。句孩说草帽饼香啊，有油有盐还有葱花，多好！教练一边听了，就对句孩吼："小心油盐糊心。句孩把车练好，尤其要注意你那个半坡起步，说过多少回了，就是停不到点上。"

教练的话掷地有声，学员们面面相觑。句孩缩了脖子，躲开教练的目光，心里不由得七上八下。句孩一上车就犯晕，什么刹车油门离合，句孩需得一样样理顺，才敢打火启动车子。别的学员都说学车最难的是倒车入库，你要找准停车的方位，你还要把握好什么角度转方向，你更要拿捏好转向的速度，快了慢了车都进不了库。

幸好，句孩倒车入库挺过关。句孩最怕的是半坡起步，最最怕的是定点停车。定点停车，不但要注意车头不能越线，右侧三十厘米的距离更难把握。每每句孩停车失败，教练都会黑了脸吼："看好看好！说过多少遍了，最笨的办法，你看后视镜，看后视镜，下边缘和粗实线重合，赶紧踩离合，踩刹车，拉手刹，果断停车，一秒都不能耽误，明白吗？要果断，果断。天，我喉咙都喊破了……"

想起明天的考试，句孩心颤颤的。

下午收车的时候，句孩磨磨蹭蹭不肯离去。等学员走光了，句孩还装作若无其事的样子，粘在车尾巴上。教练看一眼句孩，问："咋了句孩，还不回？"句孩红了脸，支支吾吾不吭声。教练顿了顿继续说："也不用太紧张，只要沉住气，把要领掌握好，明天的考试还是有希望的。"

句孩觑一眼教练，低低说："马、马教练，我也想保过。"

"保过？怎么保？谁保你？"

"我、我都打听了，掏钱、掏钱就可以保过。"

"谁告诉你的？"

"有、有人都那样做了。"

"谁有那本事你找谁去，我没有那本事。"

教练驾车"呜"一声走了，句孩木木站在原地，想了想，突然撒开脚丫子朝着车离去的方向急追上去。

马教练不知道句孩是怎么找到他家的。

马教练看着执拗的句孩简直哭笑不得。马教练推句孩出去，句孩抓了卫生间的门框死不撒手。马教练对着句孩低吼："句孩，你这是想砸我饭碗？我可和你无冤无仇啊！"

"就算我训练场上对你们大吼大叫，那也是替你们着急啊！"

句孩不答话，只眼巴巴看着马教练。

句孩嗫嚅："反正，我在驾校不认识别人，你是教练，你得保证我过关。"

马教练再吼："你都知道我是教练，你何苦为难我啊？句孩！明天的考试，我这个教练也无法进考场，我怎么保你？"

"你肯定有办法，我有钱，我不会让你白帮忙，我在工地预支到工钱了。"

"马教练，你若不帮我，我今晚肯定不会走。"

"马教练，我知道你怕犯错误，但这事天知地知，你知我知，我肯定不会对别人说。"

马教练捶胸顿足。

但，马教练最终还是被句孩给搞定了。

考场上，句孩颤颤上了一号车。

句孩手脚抖颤，倒没忘先系好安全带。系好安全带，句孩又深吸一口气，理清了刹车油门离合，句孩抖颤着准备发动车。就在这时，句孩一抬头看见车前方对着自己的视频头，句孩咧嘴对着视频头一笑。句孩一咧嘴，一张脸寒光闪闪的。

句孩想：坐在视频前的考官，肯定能认出我是句孩吧？

突然间，句孩就觉得气定神闲，手脚也不抖颤了。

句孩在自己大腿上掐了一把，算是鼓励自己。句孩启动车子，按电脑语音提示：倒车入库，半坡起步，侧方位倒车入库，S弯道，直角拐弯，句孩没想到自己居然一口气漂漂亮亮过了全程。当最后电脑语音报句孩此次考试及格时，句孩不敢相信自己竟然超常发挥。句孩一激动，差点振臂高呼，幸亏及时反应过来，知道自己还握着方向盘，轻举妄动不得。

出了考场，句孩第一件事就是掏出手机，准备向教练报喜。

打开手机，一条微信蹦出来，是教练的一笔转账。转账下附着一句话："沉住气，好好考，将来上路，靠的还是真技术。"

句孩掂起手指，看着那一笔转账，心热热的，眼酸酸的。

作者简介

　　菩提花，原名段巧霞，女，山西省运城市人，山西省作家协会会员，盐湖区作家协会副主席。主要从事小说创作，作品散见于报刊。小说《挽歌》曾获运城市新文艺大奖赛一等奖，小说《不与君绝》曾获辽宁省首届梅娘文学奖一等奖。

# 回趟老家

墙皮脱落的老屋、撑起绿伞的古槐、村西流淌着的小河……老家的景物又一次走进梦里。退休干部王文正沉浸在梦里不想出来，偏偏手机闹钟不识时务地响了。

摸过手机狠狠地摁掉，回味了一番梦境，他有了一个计划——回趟老家。

王文正收拾好一切，准备实现这个预谋了无数次的计划，却有些犹豫了。他在客厅转了几个圈儿，最终下定决心，戴上大墨镜和鸭舌帽出门。

走了几步，想起这些掩饰的东西到了老家才能派上用场，王文正取下墨镜装进包里。

对出租车司机报地址，谈好价，王文正半躺在座位上闭目养神。

出租车出了城飞驰在宽阔的水泥路上，两边的树木、房屋纷纷向后退去。

最后一次回家距今整整十年了！王文正眼睛闭着，往事却不时地在脑海里翻腾。

四十多年前，还是小王的他成功跳出农门，成为村里走出的第一个大学生。毕业后分进市政府，年纪轻轻就当上处长。从此，他就成了村里老人激励后辈的榜样。

既然是从村子走出的"大人物"，乡亲们有事首先想到的就是王处长，介绍工作、推销农副产品等等公事私事都来找他。力所能及的情况下，他都帮忙，赔上时间，还要搭上小礼品。那时，王文正会经常收到村里人的邀请：回家看看吧。老人健在，少不了要回家探望。走在老家的街道，见到的人无一不赔着笑脸，大声地打着招呼。这种过分热情让王文正很不适应，因此，他经常是晚上回家，大清早离开。直到后来的一件事没让乡亲们满意，他不敢也不愿回家了……

一百多公里的路不经走，个把小时就拐进了乡道。车颠簸了一下，王文正睁开眼，一个高大的牌楼从眼前一晃而过。哦，张家堡到了！这么说离老家不到十里地了。

王文正知道现在走的这条路乡亲们私下都叫富贵路，以纪念为修路做出巨大贡献的张富贵。这个小名叫富贵的是张家堡走出的人物，当时在一个县担任常务副县长。富贵发达了，不忘老家的父老乡亲行路难，利用自己的人脉跑来资金修了长长的一条路。正是这条富贵路，让老王在村子的人气归零。

人家能帮村子修路，我们"朝中"不是没人。比张富贵职务还高，权力更大。新任的村主任急于出政绩，领着王文正的远房二叔、发小王东才，带着一堆土特产直奔市里。

老家来人，自当好吃好喝招待。吃饭期间，大家轮番吹捧了王文正顺便还把张富贵表扬一番，二叔以长辈的身份提醒侄子"好汉护三村，好狗护三邻"，多为乡亲们办实事。村主任接过话茬说目前村子的主要任务是修建出村路，顺便把村子的路面全部硬化。对此要求，老王答应给问问有关部门，但土特产一定带回去。经过打听后，知道有统一安排，这事他办不了。

等王文正再次回去，发现老屋门前不知谁给挖了个大坑，电线也给剪断了。和村主任打了个照面，人家竟然把头扭向一边装作没看见。二叔说你不给大家办事，我在村里都不敢高声说话。这次回家不久，王文正委托二叔把老宅处理掉。慢慢地，老家只剩下个符号，在回忆和梦中出现……

离老家越来越近，王文正下车让司机等着要独自走村。他来到一个高台先要俯视一眼时时想起的村庄，不料，视野里却是飞驰的渣土车、来回转动挖机的长臂以及喷出黑烟的推土机。

不会是走错了吧？他嘀咕一声，张望着来时的路。没错呀，这是咋回事呢？好端端的村子咋就成了一个大工地？

他的目光四处搜寻，很快发现一个人向他走来。近前，是发小王东才。对方一见他，愣了几秒，又很快拉住他的手。顾不得寒暄，他忙问：村子呢，咱们的村子在哪里？

王东才说村子拆迁了要建物流中心，三个月前就拆迁了。他今天跑回来看一眼，没想到就遇到老伙计。

王文正和王东才拉了一阵闲话，甚至说到了富贵路。王东才说：幸亏你没动用手中权力给村子修路，要不犯错误不说还白花钱。

王文正没有告诉王东才张富贵半月前被抓了，众多的犯罪事实之一就是挪用救灾资金为老家修路……

作者简介

李勤安，男，生于 1966 年。陕西省西安市人。陕西省作家协会会员。从 1990 年代后期，先后在《延河》《前卫文学》《天池》《解放军报》等国内多家报刊发表作品，数十次获奖，并有作品入选多种书籍杂志。

# 暖心的死鱼

鱼翻塘，泪汪汪。这事在秋生家里发生了。

天气闷热，水富营养化，缺氧严重，鱼就会翻塘。中午一点多钟，秋生鱼塘的鱼一条接一条浮出水面，张大嘴巴拼命地呼吸着、挣扎着，接着就肚皮朝天，一命呜呼。满鱼塘白花花一片。

秋生和妻子哭丧着脸把翻塘的鱼捞回家，已是傍晚时分。秋生坐在饭桌前，望着苍蝇在上面"嗡嗡"飞舞的六箩筐死鱼，一支接一支抽着烟，同时也在想，自己养鱼近十年，怎么会发生鱼翻塘呢？

妻子一把一把抹着眼泪，冲秋生说："你发什么呆，快想办法处理这鱼呀！"

在这偏僻的田心村民小组，三十来户人家，离集市七八公里，加上七月伏天，又快天黑了，秋生也是无计可施。

"我也没办法，等下送一些给乡亲和亲戚，剩下的就烘干，留着自己吃吧。"秋生说完这些，头也低了下去。

妻子呜咽了起来："你说得轻巧,自己吃,这孩子上学的费用去哪儿找?"

是啊,两亩水面的鱼塘是家里的经济支柱,早些年靠它除了维持家用,还盖了三层新楼房,买了摩托车,添置了不少家用电器,现在女儿上高一,儿子念大二,鱼翻塘了,减少了大半收入,平平稳稳的日子一下子就会艰难起来,妻子怎能不伤心难过和忧心呢?

这时,三叔公进来了。七十多岁的他在村里德高望重,红白喜事几乎都要请他到场。三叔公看了看箩筐里的鱼,开口说:"秋生,好久没吃鱼了,称两条来。"

秋生赶忙一边敬烟点火,一边勉强笑着说:"三叔公,我正准备给您送两条去,称什么。"

三叔公说:"这鱼又不是天上掉下来的,一定要称。"

秋生知道三叔公的脾气,就拣了两条大的,做样子称了一下,随口说:"三叔公,五斤。"

三叔公心知肚明,掏出钱放在桌上,提着鱼走出门,转头扔下一句话:"秋生,我多吃了你几斤鱼啊。"

紧接着,不少乡亲也陆陆续续地来了,以各种理由借口要买鱼。秋生不肯称鱼,他们就自己动手,然后把钱放在饭桌上。不到一个小时,箩筐就空了,秋生要乡亲们给他留一条,也没有人理睬。

见这情景,秋生默默无语,妻子不知所措。当数完桌面上的钱时,妻子的眼睛潮湿了。这些死鱼卖的价已完全超过了集市上鲜活鱼的价格!

晚上十点多钟，秋生夫妻正准备休息时，又有人在敲门。秋生一看，是手拿电筒的村支书。夫妻俩有些慌忙了。一个泡茶，一个端花生瓜子。支书说："不用这些礼节，我拿两条鱼就走。"

秋生说："书记，鱼都给乡亲们买去了，没有了。"

支书盯着秋生，又问了一句："真的没有了？"

秋生说："真的没有了。"

支书上前两步，打开冰箱，用手电照着塞满冰箱的鱼，拉下脸问秋生："这是什么？怕我白吃你的不给钱？"

秋生正要解释，支书好像有些生气："别废话，拿出来，称一下，我们村干部每人买三条，明天凑齐钱后，我叫会计给你送过来。"

村支书挑着鱼走了，出门时也扔下一句话："要记住，鱼翻塘很平常，养鱼的技术可不平常啊！"

望着支书渐渐消失在夜幕之中，秋生这个大男人不知不觉也眼泪汪汪，不过他用舌头舔了一下，这泪水是热的，甜的。

这一晚，夫妻俩辗转反侧，虽然很疲劳，但怎么也睡不着。

作者简介

谢士艾，江西省赣县人。

# 酒驾的代价

阳光灿烂，万里无云。近处静静的河流和远处青青的山峦一览无余。

在这个世界上生活了三十六年的陈斌，第一次感觉到天是那么的高，地是那么的大——原来，他是在拘留所里被整整关了十五天，今日终于重见天日……

陈斌是源河市实验一小的教务主任，在这个师生人数达3080人的省级重点小学，他一干就是八年。

期末考试刚刚结束，好不容易熬到了暑期，本想喘口气儿，放松一下紧绷了半年的神经，谁料来自城里的、村里的，有钱的、没钱的各式各样的大小人物，都拐弯抹角、疏通关系，发疯似的把孩子往一小里塞。作为分管教学工作的教务主任，自然是忙得焦头烂额。他的手机由于连续通话每天二十四小时都在发热，万不得已，他一咬牙关掉手机，独自一人到乡下老家避"疯"头去了。

到了老家一天半，正走进卫生间想冲个凉。他那不公开的只有八个人才知道号码的手机，突然有一串陌生的数字打了进来。

"嘻唰唰，嘻唰唰……"

洗唰个屁呀！他嘴里不耐烦地嘟哝着，又急忙跑出了卫生间。

接，还是不接？

接，来电是个生号码不属于接听的范围；不接，一般人可不知道这个号码，既然知道这个号码就不是一般人。

犹豫了几秒钟，眨巴了三下眼睛，陈主任用食指对着屏幕上的绿色圆圈猛地一戳。

这边陈主任并不急着回话，他想听一听对方到底是谁，万一是打错了呢？

而另一边的人早就等不及了。"嘀咚"一声响，信号接通后，甜甜的女高音便钻进了陈斌的耳朵。

喂！是陈大主任吧！

听着耳熟，一时又想不起是谁。

听不到这边应声，那边的人又接着说道：怎么不说话呢？我是你的久艳。

久艳？

一个再熟悉不过的女人——陈斌大学时恋爱了三年而没有修成正果的初恋女友。

十年了……她甜甜蜜蜜、腻腻歪歪的嗓音只是稍稍浑厚了那么一点点儿，还是那么动听……动人……动心。话语穿过他的耳膜直达心尖，他那不老也不年轻的心脏"突突突"地跳起了鬼步舞。

……

源河市最豪华的风情度假村——灯光柔美、音乐缭绕的包房里，陈斌和久艳重温着已经过去了十年的青春梦。那种醉心的感觉，至今依然醉心。

你怎么知道我这个手机号的？

你的手机号我想知道，还能不知道吗？

一句反问，把陈斌怼得没了词。

其实他不是不会回答，而是不想回答。他在品味眼前这个几乎淡忘了的久艳：歪着脑袋、斜着眼睛，一只手托着下巴，下巴上镶嵌着个红润性感的小嘴唇，想笑而又憋住不笑的样子——当年他就是被她这副媚态给迷住的。

说着，笑着。笑着，说着。不知不觉，一瓶"三十年陈酿杏花村"便见了底，不胜酒力的陈斌已进入喝酒的第三步——胡言乱语（第一步，花言巧语；第二步，豪言壮语；第三步，胡言乱语；第四步，不言不语）。

说吧，找我什么事？

你还能办什么事？

又是一个反问，陈斌已猜到了八九不离十。

我表姐就住在你们市里，她儿子今年上小一。这不，我求到你这个大主任的门下了？

陈主任的上下眼皮打着架，半张半合。他绊绊拉拉地说，什么求不求的……求的，你跟我还……还客气？

我听说……你们一小……可不是一般人能进去的……

久艳故意拉长了声调，她观察着陈斌脸上的动态。

不就是房产证、户口本、体检表、成绩单嘛。陈主任用右手把左手伸开的五个指头依次扳回了四个。

这已经够多的了。你说的这四样儿，我可是一样也没有。

哈哈哈哈……

陈主任把上半身往椅子后背上靠了靠，爽朗地大笑起来——就像古装戏里大花脸的那种笑。然后他猛的一下子站起来，在餐桌的玻璃上"当当当"敲了三下，接着把涨红的大圆脸向久艳粉嫩的瓜子脸前凑了凑，铿锵有力地说：那些都是给普通老百姓设的门卡。一小的门对你久艳来说，一路绿灯，永远没卡！

这个结果也在久艳的预料之中，不过她还是装作不胜感激的样子，连声说：谢谢谢谢！

酒劲已经上来的陈主任感觉到他的意思还没有表达透彻，就用色迷迷的眼睛盯着久艳又补充了一句：对于我陈斌来说，你就是一切！一切就是你！

酒足饭饱，陈斌告诉了久艳开学的日期和应该准备的物品。久艳呢，她太了解眼前这个酒后的男人了。

她借故起身道了别……

分别十年后的生疏感使陈斌也不好意思再挽留。眼瞅着她的S形身影渐渐远去，他的心里空落落的……

"三十年陈酿"在血液里加速循环，陈斌的脑海里出现了幻觉，身体里萌生出一种原始的冲动。

他径直来到度假村后院的"大长江"洗浴中心，想借助这里的人造浪冲刷一下燃烧在躯体里的欲火。然而面对一双双扭动的翘臀……心猿意马、意乱情迷的陈斌，"动"也不是，不"动"也不是。399元的套餐还没消费到一半，他就悻悻地离开了。

他还是想到了那个能使他心灵宁静的乡下老家。

急急忙忙，逆行上路。乳白色的宝马刚刚绕过绿化带，迎面一辆送快递的红色摩托车就冲了过来……

松开油门、踩死刹车，连续的两个动作瞬间完成——然而还是晚了。摩托车载着一个大个子撞掉宝马的前保险杠，飞过眼前的窗玻璃，在空中来了个450度后空翻，然后重重地摔在十米外的大街上。

陈主任急忙下车来到大个子的身边。

还好！没有出血，人还清醒。大个子在地上痛苦地扭动着身躯，嘴里发出哼哼的呻吟声。

120、122、95518。

三个号码拨通一个再拨通一个……什么街什么路，旁边有什么建筑物，一一讲清道明，然后从车上拿出矿泉水，顺手拧开瓶盖子，递给躺在地上的大个子。

看着眼前的一片狼藉，他真希望大个子的伤情轻点，再轻点。脑袋晕不晕呀？身子疼不疼呀？能不能站起来呀？他"关爱"地问候了几句。

……

大个子问题并不大，只是两根肋骨骨折，医生说半个月后即可出院。

然而陈斌酒后驾车的问题可就大了。先是现场吹气检测，后来医院抽血化验。一个"双百"呈现在他的面前，酒精含量

100mg/100mL。

结论两个字——醉驾！

醉酒驾车构成危险驾驶罪 。暂扣驾驶证，罚款一千元，随后陈主任被关进了拘留所。

后来据他讲，在拘留所里他仔细研究了"狱"字的结构：左边一个反犬旁，右边一个正"犬"字，中间夹着一个"讠"字。据说在很久以前的社会里，人们都很自律。如果有人犯了错，就在地上画个圈把他限制住以示惩罚，这就叫"画地为牢"。后来被圈起来的人不那么听话了，总是吵吵闹闹，于是就有人想出了对付的办法，牵来两条狗看住了中间吵闹的人，这才有了今天的"狱"字。

两条狗看着一个吵闹的人？老祖宗为造这个字还真动了一番脑筋。

想着想着，陈斌不由自主地苦笑了。

……

国家公职人员因酒后驾驶违法行为，依法被处行政拘留并处罚款的，党纪给予严重警告处分，政纪给予记大过或降级处分。

作为国家公职人员的陈斌，这一点他是明白的。然而就因为一瓶子酒，半个月的拘留已经是奇耻大辱了，政纪上再给点处分，陈主任还真不甘心……他想到了区纪委的梁书记——他父亲的一个老战友。那可是从小看着他长大的，他不会置之不理吧？

熟悉陈斌的人都知道，他喝酒前常说一句话，我是一小的；酒后可就变成了另一句话，一小是我的。由此不难看出，身为教务主任的陈斌在官道上是有野心的。一个有野心的人怎么能让自己的人生档案上留下污点呢？于是他拨通了梁书记的电话。

这头他的话还没有说完，那头梁书记就把话给截住了：小斌呀，你的事我知道了。现在的形势你也知道，不好办哪。

陈斌预感到事情没有他想象的那么简单。于是他带了一条软中华，以一个晚辈的身份亲自登门了。

在官场上摸爬滚打了几十年的梁书记知道陈斌的下一步棋会怎么走。他选择了"走为上计"。

接待他的是梁书记的夫人。不论陈斌把事情说得多么重，把两家关系拉得多么近，她都用梁书记交代过的一句话做回答：我也不太懂，你还是跟你梁叔去说吧。

事情不能办，软中华自然不能收。陈斌打出了他的最后一张牌：他在梁夫人转身给水杯加水的十几秒钟时间里，把一捆百元钞票塞到了沙发巾的下面。然后他起身离开了。

出了梁书记家的门，他立刻又把电话拨了过去。"嘟嘟嘟"响了半天，最后得到的回答是："你拨打的电话无人接听。"

……

多年不抽烟的陈斌撕开了送不出去的软中华，蹲在路边的台阶上狠狠地抽了几口。他的眼前直冒金星，脑袋"嗡嗡"作响。

他一边不停地骂着，一边又觉得人家有难处。

不就是个喝酒开车吗？至于这样不依不饶吗？陈斌很不服气。他把抽了半截的软中华狠狠地往地上一摔——烟头先是在地面上溅起几个火星子，然后滚到路边一动不动，直到最后的一丝青烟渐渐熄灭……

"这在过去叫违章，现在可就是违法。既然是违法，法不容情，理所当然。"

"酒可以重倒，生命不能重来！"

陈斌耳边回响着交警给他说过的话……

陈斌朝着纪委的方向走去。

慌慌张张在楼梯上走了二十个台阶，在二楼办公室的转角处，陈斌迎面碰上了办公室主任晓亮。

哎哟，陈主任来了，我正准备去找你呢。

老梁这老家伙真是深不可测——故意不接电话，打发晓亮干吗来了？陈斌心里没有底。

陈斌的脸上带着难以道明的表情，急忙问：啥事？你说。

你的事儿，要给予政纪记大过处分。

啊！……

……我……我要见你们梁书记。

出事那天你不只是喝酒开车吧？……

陈斌的脸色是白……是红……

如果不能深刻反省自己，可能还会给你政纪降级处分。这可是梁书记让我转告你的原话。

陈主任低头不语。

晓亮从口袋里掏出陈斌放在沙发巾下的那一捆百元钞票，拉起他汗津津的大手，把钱拍了进去说，梁书记让我带给你的。

这……

陈斌的手抖动着，乱了分寸。

如果你不想要的话，我这就送到财务科，上缴国库。

作者简介

　　郭云良，山西省稷山县人民政府任职，中国小说学会会员，运城市作家协会会员。

# 老黑调岗记

老黑年近六十岁，老家在离城偏远的农村，由于身体原因，不能从事重体力劳动。老黑的哥哥退休前在市里工作，工作关系与保安公司联系颇多，正是借着这层关系，老黑来到县城应聘当上了一名保安。

哥哥为了老黑少受劳累，托人让老黑在一处居住人口较少的普通小区做保安。每天按点上班，按时巡逻，值班执勤，下班吃饭、睡觉、遛弯，本是平常的生活，因为一次老乡的小聚而改变。

这年春节刚过，几个在县城里的老乡相约聚在一起。老黑是应约而去，请客的是老李——一个高档小区的保安。老李请客的饭店很好找，是县内一家三星级的饭店。看到老黑来了，老李起身打招呼："老弟，在这里。"老黑还是第一次到这么高级的饭店吃饭，显得有点腼腆。

"你看，咱都是老乡，一块聚聚，还用上这样的饭店？""老李，怎么发大财了？"老黑连着问了两句："咱做保安的除了补贴家用的，留下吃饭的，剩下的就没几个了，趁着人还不齐，咱换地方吧。"

老李看着老黑拘谨的样子，笑了笑："我是怕这样的饭店你看不上，你还嫌好，老黑别说了，咱上包房。"说罢推搡着一起进了包房。"来支烟。"老黑接过烟看了看，是当地的品牌烟，老黑所在的小区也有几个爱显摆的，高兴的时候也会递给老黑一支，这叫改善生活，价格一盒十多块。老黑忙说："老李，换了吧，这烟不是咱抽的，哈德门就行。"

"就这个，抽完了咱还有。"老李有些自豪地说，"老黑，这春节刚过，你发了一笔小财吧。改天，你也办（请客）一下。"老黑有些丈二和尚摸不着头脑："没多少呀，公司就发了点米和面。""别骗我了，我们这交情，你别不好意思。"老李说道，"这个节过得真肥，我光这烟就收了几十盒，还有很多好东西呢！"

"有人给你送？"老黑有些茫然。在老黑所在的小区只有过年过节了，会有人给送盘水饺送个月饼的，递烟也是相互的，今天我给你，明天你给我。

一会儿，大家陆续到齐，酒场开始。几杯酒下肚，老李开始飘飘然，吹了起来，说自己不但有烟抽，还有酒喝，有时还有送礼的，俨然自己是"大干部"。老黑不理解，专门同老李走了一个酒："李哥，你也带我发财呗！"

老李知道老黑诚实，就说道：其实就是到小区办事的人送的。"有人送，你敢收？"老黑问道。

老李借着酒劲，也不在乎了："我们小区是高档小区，有身份的人多，每年过节都车水马龙的。但是我们有规定，外来车辆必须说明找几号楼找谁，同意后换卡才能进，因为有身份的人多，送礼的自然就多，他们又不想让我们知道给谁送的，所以来的人就给我们盒烟或者其他的什么东西，让我们行个方便。"老李继续说道："刚开始也是不敢收，可是后来公司来了通知，说让进去的人搞好车牌登记就行。以后我们的'权力'就更大了，来人登记的要求就是我们的'尚方宝剑'。有一次一个外地车牌号的好车来小区，让我们给行方便，给了一条烟，我们两个人一人五盒，看着烟很精致，后来我一问，一盒烟差不多二十块，让我高兴了好一阵子。""还有啊，就是一些特别讲究的，他们不让送东西进去，有的就让先放到我们这里，过后来取，可时间长了有的忘了，有的来一看，不感兴趣，转手就送给我们了。"

老李不断地炫耀，几杯酒下肚，老黑就迷糊了，一觉醒来，自己已在小区的值班室里躺着。昨天晚上喝得太多了，到外面的水龙头上洗把脸后，老黑回想起了昨晚老李的话，不像假的呀。老黑心想：同样是保安，怎么相差那么大呢？不行，周末我要去找大哥，说什么也让他想办法给调个"好的"小区当保安！随手老黑拿起了手机："大哥，这个周末我想去市里看你，你在家吗？"大哥正在家做饭，看到是自家弟弟的电话，忙接了起来："兄弟呀，有事吗？""没事，就想去看看你。""好吧，咱哥俩也好久不见了，来喝上两盅！"

定好了时间，老黑决定抓紧给大哥准备点东西，他要确保调岗的事没问题。老黑专门回到老家买来了新鲜谷子，亲自去加工成小米，又买了两只山上散养的公鸡，赶往大哥的家。

清晨坐上公交车，到大哥家已是中午。大哥和嫂子知道家里的弟弟要来，也专门准备了几个小菜。"大哥，我专门给你带的小米，咱老家的。"老黑说道。"兄弟，到哥家你还这么客气，今天咱在家里吃。你嫂子的手艺这些日子又有长进，咱一块尝尝。"都是自家人，大哥也就不再客气。

一面聊着家常，一面喝着小酒，一会儿的工夫几杯酒下肚。老黑心想，今天还有"正事"。"大哥，我想麻烦你个事。"老黑欲言又止。"什么事？尽管说，能办到的大哥一定帮你办！"

有了大哥的这句话，老黑就直接说了："大哥，我想调个岗，到个大小区去当保安，最好去个高档点的。""怎么了，在现在的小区干得不舒心？"大哥问道。"也不是，前几天我遇到咱村的老李了，他也当保安，在一个高档小区，我看着他们那里的条件好，工资也高。"老黑没敢说老李炫富的事。"行，兄弟，我尽快给你安排，来，再来一杯。"

"老黑，今天怎么这么高兴，都哼上小曲了？"看到老黑满脸的高兴，小区的刘大娘问道："上了趟市里，路上捡到钱了？""没有，大嫂！"想着过几天就要到高档小区了，有烟、有酒，还不时地收个小礼，老黑小曲哼得更响了。

一个月后，老黑如愿以偿地到了县城相对较高档的一个小区，虽然比以前累多了，但是开始了他向往的生活。

又是一年春节将近，几个保安聊起来，其中一个保安说："听说中央出台了'八项规定'，要严查公款送礼和大吃大喝！""你信？又是一阵风。"另一名保安说。"不知道对咱们有没有影响？""马上就过节了，大家看吧，事实强于雄辩。"大家七嘴八舌地说道。

春节到了，大包小包来送礼的稀稀拉拉，不见了豪华的小轿车，不再有车水马龙。老黑有些失望，决定到老李的小区去找老李"取经"。到了老李所在的小区，没有见到老李，一查问，原来就在春节前，因为小区居民反映，"问题"老李被辞退了。

小区的日常生活依然很忙，但很少有人找老黑聊天。回想起在原来普通小区的日子，老黑开始怀念以前的生活：和业主们零距离的接触，大爷大妈坐下来聊天，小孩子到了大门口那一声"大爷好"……

老黑再次准备了一份厚礼，决定让大哥再次帮忙给调岗，这次是想回原来小区。

**作者简介**

　　夏君栋，山东省临沂市沂水县人。山东省自然资源作家协会会员、山东临沂市摄影家协会会员、沂水县摄影家协会会员、沂水县政协特聘社情民意信息员、沂水县人民陪审员。被评为《中国国土资源报》优秀通讯员。获省人力资源和社会保障厅、山东省政协、山东省公务员局记个人"三等功"。被评为山东省政协先进提案和信息工作者；沂水县首年度评选敬业奉献类"沂水好人"，沂水县首届"最美职工"。

# 改　名

　　屠夫刘来不及向顾客解释，飞快地收拾好肉摊子，赶紧往家跑去，这可不是一件小事，耽误了儿子的改名也就耽误了儿子的前程，不对，是耽误了整个刘家家族的好运。他不能让儿子也像自己一样做个杀猪卖肉的，他必须尽全力给孩子开绿灯让他安心学习，考上大学。所以在接到老师十万火急要求他去改名的第一时间，他就火急火燎地撂下自己的营生，赶紧回家换好衣裳，给他开始稀疏的"大背头"迅速喷上定型发胶，一边双手向后拢头发一边一溜烟钻进面包车，向县城的方向疾驰而去。

　　"周科长，您好，麻烦您把我儿子的名字改一下。"屠夫刘走进户政大厅，一眼就看到宽大办公桌后的户政科领导周科长，他一边打招呼一边把资料递到桌子上最方便周科长能盖章的地方。

　　周科长被这个突然闯进来的冒失鬼吓了一跳，他扫了一眼那份资料，微微皱着眉略带嫌弃地说："前几年在你们镇上改过一次名，你为啥不改？"

"周科长是这么回事，前几年没有改名的想法，现在是孩子要参加中考，老师说常用名必须与户口本上的一致。"

"前几年让你改名你不改，现在又来麻烦我。"周科长眼皮都不抬一下，说话的口气像他的身体一样有分量。由于体量庞大，周科长坐在椅子上，身体与椅子无缝连接，浑然一体。

屠夫刘想起刚才在进公安局大门时遇到的老乡张主任，张主任告诉他要想办成事得先去买一条芙蓉王，然后悄悄塞到周科长的怀里，周科长一高兴就把娃的名字改了。张主任是公安局办公室主任，他说即使他找周科长办事也得买条芙蓉王。

可是因为接到的是学校告急通知，屠夫刘实在没来得及买烟，怎么办？怎么办？屠夫刘突然想起自己抽的红河烟，赶紧从上衣口袋里掏出来，虔诚地前倾着身体隔着宽大的办公桌努力把烟递到周科长面前，心里盘算着只要今天能把娃名字改过来，他回头给周科长补上那条芙蓉王，也算报答人家给自己孩子救了急。不知是太着急还是桌子太宽大，屠夫刘努力凑向周科长时显得脸红脖子粗："周科长，老师那边催得急，麻烦您把咱娃名字改一下，回头我来感谢您。"

周科长抬起眼皮忽闪了一下屠夫刘双手递过来的红河烟，字正腔圆地开口道："我不会抽烟！"

屠夫刘讪讪地把双手收回来，为了掩饰一下尴尬，抽出一支烟，坐到周科长办公桌对面的铁长椅上，旁边办公桌前的职员们面无表情各忙各的工作，似乎刚才的一幕和身边的空气一样与他们没有任何关系。屠夫刘又一次把恳切的目光投向周科长，只见周科长缓缓地用力把身子与椅子微微分开。屠夫刘以为周科长要拿他写的改名资料，心下窃喜，刚要掏出打火机点烟的右手款款停在上衣口袋里，大气不敢喘一下，生怕自己的呼吸一不小心打断了周科长接下来要盖章的动作。只见周科长的右手伸向办公桌，屠夫刘的心都要从嗓子眼冒出来了，可是周科长的手并没伸向屠夫刘放在桌上的资料，而是拉出办公桌的抽屉，从里面拿出一盒芙蓉王，左手大拇指弹两下，从烟盒里面抽出一支叼在嘴角，随后慢腾腾地从抽屉里拿出打火机，歪着脑袋，悠闲地给自己点上烟，狠狠抽了两口，微微眯着双眼，再一次将身体与椅子合二为一。整个过程流畅而霸气。屠夫刘在这一刻突然觉得浑身的血往头上涌：他不是说他不会抽烟吗？这不是小看人、为难人吗？屠夫刘的火气一下子蹿上来："周科长，请你把我娃的名字改一下！"

周科长慢慢翘起他高傲的双下巴，徐徐吐出来一个烟圈："还是那句话，前几年在你村改过一次名字你不改，现在又来麻烦我。"也许是说话的底气太足，也许是这句话重复出了分量，周科长吐出来的每一个字都打得烟圈七扭八歪着远远散开。

"周科长，我问你一个问题，你回答我！"屠夫刘站起来说。

"你问！"周科长斜视着对面即使站起来他也觉得矮小的屠夫刘。

"你嫌这麻烦嫌那麻烦！你坐你家里不麻烦！你为啥坐在户政大厅？你看看你身后墙上的五个大字：为人民服务！你给我解释一下这五个字是什么意思！"屠夫刘的声音越来越高。

周科长突的一下从太师椅上直起身子，右手不由自主地把烟从嘴里抽出来。

"你把这五个字给我解释一下，我儿子的名字不改也罢！"屠夫刘已经豁出去了。

周科长仿佛被雷击了一下，猛回头看了看墙上的五个字，脸色由红变白，由白变红。他问："兄弟，您是哪个单位的？"

屠夫刘答道："你不用管我是哪个单位，你只需要给我解释'为人民服务'是什么意思！"

"兄弟，您坐您坐。"周科长急忙从办公桌后抽身而出，同时以迅雷不及掩耳的速度暗示旁边目瞪口呆的职员们一个眼神。只见一个四十多岁的女职员迅速小跑到屠夫刘面前："兄弟，兄弟我带你去隔壁办公室改名。"

"我哪儿也不去，就在户政科大厅！"

周科长转身拉一把屠夫刘："走吧，走吧，跟我去签个字把公章一盖就好了，不会耽搁您时间，走吧走吧。"

屠夫刘终于改完了儿子的名字，在走出大门的那一刻，正好又遇到了自己的老乡张主任。张主任看着屠夫刘手里改完名字的大红印章，问他："芙蓉王送了？"屠夫刘说："没有。"张主任把大拇指高高翘在屠夫刘的眼前，一直看着屠夫刘理直气壮地走出公安局的大门。

看门大爷走上前来："张主任，他是哪家的领导？"

"什么领导，杀猪的！"

**作者简介**

任明亮，山西省河津市人。山西省作家协会会员，出版个人散文集《飞》、散文诗《海的呼喊》。曾获《散文世界》征文二等奖。

# 考 察

夏日的午后，市委组织部姜部长头昏脑胀地坐在 B 县招待所装有空调房间的沙发上，一根接一根地抽烟。他领着一个考察组来到 B 县考察县长、副县长候选人。昨晚，他和考察组的同志听取了县委耿书记关于候选人情况的汇报，一直到凌晨两点多才结束，确定今天分头对初定的几个人选进行考察。

为慎重起见，姜部长决定亲自考察县长候选人之一的陈良。

陈良四十六岁，哈尔滨工业大学毕业，曾担任县计委副主任，现任赵桥乡党委书记。

陈良此刻正襟危坐，接受考察。

作为组织部部长，姜部长考察了不少干部，为市县两级发现和培育了大量的优秀干部。熟悉他的人都知道，姜部长习惯在晚上考察干部。在柔和的灯光下，他的大脑非常清晰，望着自己吐出的一个个烟圈，他仰躺在沙发上，自我感觉到对被考察者有一种居高临下的优势。在这种气氛下，他能准确地抓住被考察者的

"本质"，做出正确的结论。昨晚会结束时，他让县委耿书记通知陈良今天来见他时，忘了告诉来的时间。因此，今天上午县委办给赵桥乡挂了电话，午饭后陈良便火急火燎、风尘仆仆地赶来敲响了姜部长的宿舍门。姜部长十二点半吃完了饭，刚睡下不久，便被敲门声惊醒。他看了看表，正是中午一时。他不想开门，但那敲门声虽不大，却很固执。

"你找谁？"姜部长睡意蒙眬地开了门。多年来，他的午睡习惯是雷打不动的，午睡时被人打扰，他的生物钟整个下午都调整不过来。

陈良愣住了，"您是姜部长吗？"

"你有什么事？"姜部长看到是一个农村基层干部装束的人，便堵在门口，根本就没有让来者进门的意思。

"您是姜部长吗？县委办公室打电话说让我找您……"

"噢，噢，你是陈良同志。"姜部长清醒了过来，"进来，进来。"

"你喝水。"等陈良坐下，姜部长给陈良倒了杯水。

陈良双手接过，大概是渴极了，仰起头一饮而尽。

"知道我找你来有什么事吗？"姜部长看着陈良喝水的样子，有些不快。喝水都没个样子，还能当县长？在大会主席台上正做报告，就那样一仰脖子，咕咚咚一杯，咕咚咚一杯，好像一辈子没喝过水，哪有领导的风度和形象？

"不知道。"陈良放下杯子。

"唔，组织上……"姜部长话刚出口，可不知怎么话在喉头拐了个弯，"你是……噢，赵桥乡党委书记。你们乡这几年工作搞得怎样？"

陈良沉默了一会儿。工作搞得咋样，这要上级和群众评价。他怎么回答好呢？说搞得好，有自大之嫌，因为他毕竟是乡上的一把手；说搞得不好，赵桥这几年农业产业结构调整、新农村建设、民政优抚、扶贫等工作各项指标在县上名列前茅……

"基本可以吧。"陈良平时思路敏捷、口若悬河，今天在市委组织部部长面前却有点口涩了。也许，他听到了什么风声，心理上更增加了一层负担。

基本可以？这是什么话？姜部长皱了皱眉。好就是好，不好就是不好。基本是个什么概念？说基本可以，那就说明还有差距，差距有多大？差在哪里？你这个党委书记心中难道还没有个数？姜部长点燃一支烟，透过被烟雾缭绕着的空间看着呆坐着的陈良，张开嘴打了一个长长的呵欠，不禁有些睡意了。

"阿嚏！"

路上走得太热，房间又有些凉，陈良鼻子一痒，忍不住打了个喷嚏。

陈良这一声"阿嚏"更增添了姜部长的反感。这哪像个党委书记，又哪能做县长，连个起码的礼貌都不知道。阿嚏、阿嚏，和领导谈话，又不是在老婆的炕头吃饭放屁！

姜部长看看表，已经一点半了。真是的，午休都不得安宁。他瞥了一眼床上的毛巾被，真想美美地睡一觉。他昨晚才睡了四个小时，今晚工作组还要开碰头会，大概又得半夜。他眯上眼睛，不由自主地随口问了一句：

"你来有什么事？"

"不是你叫我来的吗？"陈良有些不快了，把"您"换成了

"你"。

"哦哦，是我叫你的。"姜部长恍然大悟般地睁开了眼。他脑子一转，"是这样的，市委准备最近对区县领导班子进行一次考察，想征求一下你对你们县委、县政府领导班子成员的意见……"

陈良直言不讳、认真地回答着。姜部长眯着眼，似听非听。陈良几次想打住话头，可每每停住话，姜部长就睁开眼问道："什么什么？你再说一遍。"

陈良只好又讲下去。

谈话结束时，已是两点多了。陈良出了门，姜部长觉得疲乏至极，把陈良喝过水的杯子拿到卫生间认真清洗一遍，然后打开窗户，把陈良留在房间的喷嚏味儿全部放完，才重新躺在床上。

二十几天后，市委提名的县长、副县长候选人名单公示了，上面没有陈良的名字。

作者简介

赵丰，陕西省西安市人，中国作家协会会员。曾获冰心散文奖、东方文艺奖、孙犁散文奖、丝路散文奖、吴伯箫散文奖、柳青文学奖、张之洞文学奖，《北京文学》《安徽文学》《延河》《红豆》《攀枝花文学》等文学期刊年度文学奖。

# 同与不同

秋阳像瀑布一样洒在庆旺有些秃顶的头上，他一边用纸巾抹着额头上的汗水，一边在来来往往的人群中穿行。突然，他的胳膊被人钳住了："老同，你回来了？"庆旺回头一看，是卜吉，于是两双手紧紧地握在了一起。

庆旺和卜吉同村，同年出生，同时上学，初中没读完又同时辍学回家务农，后来又同一年结婚，同一年生孩子。人们说他们俩就差没同穿一条裤子了。

庆旺和卜吉的孩子也是同时入学，同时高考。只是庆旺的孩子成绩好，考取了一所重点大学，毕业后成了一名公务员，并一步步升上了县里副县长这个金光耀眼的位子。而卜吉的孩子则读了职业技术学院，毕业后当了一名列车乘务员。

庆旺和卜吉虽然同一个寨子，可也有几年没在一起唠嗑了。自从庆旺的孩子当县领导后，他和老伴就被儿子接到城里生活。虽然原来居住的木房子已改建成了三层小洋楼，但也基本空着，他们只是每年清明节开车回来挂个亲，又匆匆进城去了，有时连面都没有见上。这次是寨上修建了一座鼓楼，因为钱不够，便决定搞一个竣工仪式。说得明白一点，就是通过这个活动倡议大家捐点钱，于是本村在外工作和打工的大多都积极响应回来参加活动。

卜吉把庆旺拉到村旁那棵大樟树下，这里比较安静。庆旺用纸巾擦了擦石凳上的灰尘，然后坐了下来，从上衣口袋里拿出一包中华烟，递一根给卜吉。

卜吉吸烟很用力，火光闪亮，烟雾袅袅，很快就燃烧到过滤嘴那头。庆旺吸烟就斯文得多，他吸得很慢，微微启开双唇，把烟轻轻吐出，十分享受的样子。

"你和儿子一起回来吗？"卜吉把烟头踩到脚底，转过脸来问。

庆旺习惯地用右手梳了梳有些凌乱稀疏的头发，话里有些举重若轻："儿子又去北京出差去了，他很忙事情太多，一年难得有几天在家里，只有我代表了。他叫司机送我回来的，搞完活动我又得跟司机回县城了。"

"你都变成城里人了。"

"儿子在他的对门帮我和老伴买了一套房，比较方便，原来也不太适应城里生活，现在慢慢习惯啦。"

"儿子有出息，你享福了。这次我儿子也没能请假回来，在火车上工作一年四季都忙，只能四海为家。"卜吉的语气里有怜悯，更多的是理解。

"我儿子这次为寨上的新鼓楼捐了两千元，刚才我交给建楼小组了。你儿子捐了多少？"庆旺眉毛扬着，眼睛里闪烁着快乐的光芒。他站起来拍了拍掉到衣服上的一片干叶子，那身笔挺的着装和洁净的肌肤，让他看上去似乎比卜吉小了五六岁不止。

卜吉沉默了一会儿，黧黑的脸上泛出了自信："我儿子捐了三万。"

庆旺像触电了似的，身体颤了一下，眼睛暗淡了下来："三万？你儿子的收入很高啊。"

"他跟我聊过，他的工资只能勉强养活一家三口，他现在还是租房子住呢。他说村里群众生活还不富裕，要建那么大个鼓楼，非常不容易，于是就把多年的积蓄都拿出来捐了，算是对养育自己的家乡一点支持和报答吧。"卜吉说完，掏出随身的旱烟袋，点燃了吧嗒吧嗒地抽起来。

庆旺望着远处空中的一只孤零零的飞鸟，幽幽地说："我儿子虽然有点职务，但马屎皮面光，工资不高，也没有其他收入，开支却很大，我知道他的难处。"他的声音低了下来。

好一会儿没有了话题，卜吉说："时间快到了，我们去参加活动吧。"

庆旺拍拍屁股站了起来，他们一前一后朝鼓楼走去。

鼓楼那边响起了热烈的鞭炮声……

三个月后的一天下午，寒风刺骨，天空下着小雨，庆旺和妻子却突然回来了。他们神色黯然，从班车上搬下一些大包小包的日常用品，似乎是要回来住上一段时间。

很快，人们从纪委发布的信息上得知，庆旺的儿子出事了。不久，法院也有了消息，庆旺儿子贪污受贿五百多万元，被判处有期徒刑十年。

庆旺整天闭门不出，寨上的人很难见到他的身影。卜吉去看望他，叫了很久才开门。只见庆旺步态蹒跚，头上满是白发，一下子老了许多。

卜吉握着他冰冷的手，不禁唏嘘。

作者简介

　　杨海标，男，侗族，广西龙胜县人，中国微型小说学会会员，广西作家协会会员，曾在各级报刊发表文学作品三百多篇，有作品在全国各地征文比赛中获奖并入选多本年度选本。

# 威　风

艾山赤裸裸的岩石下，有一条由南向北流淌的小河，唤作瀛河。它千百年来未曾断流，一直守着依河而立的瀛镇。

七九河开，八九雁来。三月的瀛河开始解冻了。一股清新透亮的河水从冰凌下钻出来，溢出河面，冲刷着漫长冬夜沉积的污垢。

彭湃还未从新年的蒸笼中解脱出来的时候，县委一纸公文将他从团县委书记一下变成了瀛镇党委书记。

俗话说，一朝天子一朝臣。新任领导都要走马换将，树立自己的威信，而首先要更换的就是办公室主任。这个位置特殊，是领导的参谋和助手。说他小，一人之下，"万人"之上，可以顶个副书记、副乡长；说他大，任何一个领导的话他都得听。

办公室贾主任这几天心情很糟。累死累活地，却得不到彭湃书记的认可。彭湃整天板着脸，像别人欠他八吊钱似的。

贾主任知道"朝里有人好做官"，他"朝里"没人，能干上办公室主任，都是他凭着自己的勤奋苦干升上来的。别人不超过三年就提拔了，而贾主任在主任位置上一干就是六年。六年来，文山会海，酒池肉林，把贾主任培养成了集高血压、高血脂、高血糖、酒精肝及高度近视于一身的驼背之人。

这天，贾主任站在政府大院，望着天边的火烧云，血一样的火烧云，凄艳地飘动。这时，彭书记一个电话把贾主任叫到了他的办公室。

贾主任站在彭书记办公桌前，弯着腰等待指示。彭书记正趴在桌子上练字，看也不看贾主任，彭书记写了满满一桌子纸。褒义说，行云流水，龙飞凤舞；贬义说，张牙舞爪，龇牙咧嘴。

有一支烟工夫，彭书记站起来，坐到桌前的沙发上，他指着刚才坐过的椅子说："小贾，你坐。"

贾主任吓坏了，以为自己犯了什么错，连说："不敢，不敢……"

"叫你坐，你就坐。"彭书记有点发火。

贾主任还是不敢坐。他大脑飞快思索，这几天是不是有什么事没有请示彭书记，让彭书记生气了。可是，想了半天，没有。

"你是不服从安排，还是不想干了？"彭湃吼道。彭书记真的发火了。

贾主任三步并作两步，坐下了。

坐是坐下了，但浑身打哆嗦，额头上的汗珠也冒了出来。贾主任顾不上擦掉。他想，我这办公室主任别想再干了，肯定是先把我换掉了，彭书记好安排他的人。

彭书记问："坐在上面有什么感觉？"

贾主任心想，座位是权力的象征，象征着级别、地位、待遇和权威。坐在这上面，可以颐指气使，发号施令，可以运筹帷幄。但他不敢说。贾主任掂量了半天说："没什么感觉。"

"没感觉出来，拿笔签个文件，再试试。"彭书记说。

贾主任又犹豫起来，坐下就已经很过分了，再签文件那就是不知好歹了，遂迟迟未动笔。

"又不想干了是不？"彭书记语气逼人。

贾主任拿起笔，哆哆嗦嗦写了几个字。

"坐在上面有什么感觉？"彭书记咄咄逼人。

贾主任大气不敢出。窗外，天上的火烧云越来越红了，就像满天的大火烧红了天。

彭书记说："你回去吧，好好想想有什么感觉，想明白了再来告诉我。"

贾主任回去以后，想了三天三夜，也没想出个所以然来。万不得已，叩开了老领导的门。

贾主任哭着向老领导诉说了当时的情形，请老领导指点迷津。

老领导听后说："你回去给领导买一把高点的椅子。"

贾主任这才恍然大悟，老领导由于身材高大，专门定做了一把椅子，而彭书记身材短小，坐在矮椅子上肯定不舒服。

贾主任给领导更换好合适的椅子后，同时把自己的辞职报告放在了彭书记的桌子上……

作者简介

张纪锋，山东省淄博市沂源县人。

# 谁的礼品

郝强忙完一天的工作，头脑昏昏沉沉，走出办公室已是黄昏。他揉了揉眼睛，做了一个深呼吸，才觉得舒服些。

步行道上的五角枫树叶已经泛黄，一阵风吹过，叶子哗哗啦啦地落，行人都穿上了外套，而他还穿着短袖，凉意侵袭他全身。整日忙碌，竟然忘了季节变换，他双手抱臂打了一个寒战。

单位距家有两公里远，步行大约需要二十分钟。商店电子广告牌上滚动播放着庆祝中秋、国庆节的字幕。时间过得真快啊，转眼又到了中秋，往年这个时候，他会忙得晕头转向，除了单位正常的职工福利发放、慰问老干部等工作，最烦的就是给领导送礼了，县里的领导一定逐一拜见，上级主管部门也不能漏下一个。他要求单位副职按照局务会议确定的名单分头送节礼。临近过节那几天晚上，领导家门前车水马龙、门庭若市，好不热闹。现在好了，中央有了"八项规定"，过节风清气正。既节省了开支，又减少了基层干部的麻烦。

郝强刚拐进自家的小巷，远远就看见他门口放了两个纸箱子、一个蛇皮袋和一个塑料壶。郝强走近扒拉了一下，是月饼、苹果、粉条、食用油等。

郝强皱起了眉头，心想谁真是胆大包天，现在居然还敢送礼，岂不是要害我吗？这礼品放多久了？现在正是下班高峰，大家路过会怎么看？这几样东西明晃晃地刺着郝强的眼睛。

媳妇敏娟回来了，看到还在门口发呆的郝强和一堆礼物，脸沉下来说："给人家退回去，你不觉得丢人现眼吗？"

"关键是不知道谁送来的。"

"不行就交公，反正这东西不能进咱家门。"敏娟态度很坚决。

当晚，郝强陷入了沉思，他排查每一个可能的人。自己单位的人决不能收，他一再强调要廉洁自律，怎么能带头违反？利益单位的更不能收了。这可是违纪问题。把东西交给纪检部门？他觉得不妥，有点小题大做了，怎么处理这个烫手山芋，郝强没了主意。这些礼品仿佛是随时都会引爆的炸弹，让郝强胆战心惊。

这些土特产礼品并不值钱，按照以往的惯例，不会是利益单位的礼品。那到底是谁送的？

郝强点燃一根烟，搔了一下不多的头发。会不会是单位的老李？老李快退休了，前几天找他说想申请按照特殊贡献再长一级工资，这需要和人事部门沟通，他一个人也定不了。还有实习生小刘，想尽快转正，小刘表现不错，就是太着急了。再一个就是那个张兵，想换一个工作岗位，郝强告诉他等时机成熟了再说。

对，一定是他们中间的一位。

经过一番分析、排查、锁定，郝强心里有数了。该如何退礼，这是需要动脑筋的，不能当着众人退礼，要考虑送礼人的面子，既不能给送礼人承诺又要让送礼人看到希望。

第二天上班，郝强给老李、小刘和张兵分别打了一个电话，嘘寒问暖，顺便说了几句祝福的话，并没有说起礼品的事，郝强想从每个人的说话中听到关于礼品的蛛丝马迹。

接连三天，每天早上开门，郝强门口就出现一份礼品。这让郝强哭笑不得。

敏娟说郝强："你这个电话，不是此地无银三百两吗？你看你这智商，亏你还是局长。"

郝强没想到事情会弄成这样，雪球越滚越大，更难收拾了。

怎么办？郝强这几天干什么事都心不在焉。

他决定找到老李、小刘和张兵分别谈话，这次他挑明了话，说正事正办，不要助长歪风邪气，请他们放心。但是三人都一口否认送礼这回事。

这就奇怪了。

第二天，局办公大厅里出现一张桌子，桌子上放着郝强这几天收到的礼品，办公室主任很有头脑，没有说是局长收到的礼品，一张纸上写着，"谁的东西，请谁拿走，谢谢配合！"

这些东西好像长了根，一动不动在全体职工面前晃了几天。眼看中秋节已过，快要到国庆放长假了。

办公室主任给郝强建议，不如把礼品送给我局帮扶村的贫困户吧。

郝强和班子成员一起，将这四份礼品分别送到了贫困户手中，贫困户张景明拉着郝强的手激动得说不出话。

送完慰问品，一行人在村委会召开座谈会，就下一步如何把精准扶贫和乡村振兴结合起来，大力发展农村经济展开了热烈的讨论。村委会主任说："咱村已经成功脱贫摘帽，所有贫困户也走上了致富路，比如贫困户的油葵丰收了，轧了葵花籽油、他们自己制的红薯粉条也进了咱县的扶贫超市，产品供不应求。我家的苹果已经和外地客商签了收购合同……"

临行前，村主任对着郝强笑，欲言又止。他拉着郝强的手很久没有放松。郝强似乎明白了什么事情，微怒的脸上艰难地露出了笑容。他重重地拍了拍村主任的肩膀说："你啊，真有想法！"

老李、小刘和张兵的事情都陆陆续续按照程序办妥了。郝强也放心了。他想这世上好多事该清醒时必须清醒，该糊涂时候也要糊涂些。

进入深秋，五角枫的叶子落完了，步行道上铺了厚厚一层，像黄色的地毯，踩上去软绵绵的。

郝强加快了回家的步伐。敏娟刚打电话说，饺子已经下锅了！

作者简介

赵光华，男，1971 年生，山西省永济市人，中共党员。中国自然资源作家协会会员、驻会作家，山西省作家协会会员，中国地质大学（北京）首届驻校作家。山西省永济市作家协会副主席。先后在《中国国土资源报》《中国矿业报》《中国绿色时报》《山西日报》《重庆科技报》《贵州民族报》《山西作家》《大地文学》《牡丹》《参花》《时代报告·中国报告文学》《三峡文学》《山西老年》《河东文学》《运城晚报》等国家、省、市报刊发表小说、散文、报告文学、诗歌、微电影剧本共六十余万字。著有中短篇小说集《林中鹿鸣》。

# 串 门

张明发大年初一吃过早饭，不去给本家族长辈拜年，却提着一箱麻花要到县城刘书记家去串门，而且麻花箱里还藏着六万元现金。

原来，张明发年前得知刘书记由乡镇长荣升为本县县委书记的消息，心中窃喜，当即决定给刘书记送一笔大礼。

他和刘书记可谓是老交情了。过去刘书记任乡镇长期间，张明发曾在乡政府做饭，为了让儿子吃上皇粮，他百般巴结刘镇长，不时地给刘镇长暗中送些烟酒，甚至送过两千元现金，都被刘镇长笑纳了。

其实，张明发并不憨，有一次他对刘镇长说，我想求你办点事，行吗？

刘镇长说，啥事？只要我能办的，但说无妨！

张明发说出了想叫儿子转正的想法。

刘镇长说，好吧，有机会我替你办这件事。

最后刘镇长让张明发儿子临时干了镇政府打杂人员。

刘镇长告诉张明发，以后有转正名额，我优先照顾你儿子。

后来刘镇长就调走了。

如今时隔几年后，张明发得知刘镇长擢升为本县县委书记，那可是全县一把手，大权在握呀！因此，张明发决计趁过大年串门的时机，去见刘书记解决儿子转正问题。

可张明发心里明白，刘书记这个人贪财，进贡小数目钱怕难填其欲壑，因此他和老婆商量后取出家里所有积蓄六万元，再加上他过去和刘书记的这一层交情，觉得这样做才有把握。

张明发之所以把六万元藏在麻花箱内，是因为万一碰上外人在场就说过年了，没事串串门，给老熟人刘书记送一箱麻花，这也是家乡特产，既在情理之中，也不显山露水。现在反腐败风声吃紧，行贿要讲究策略嘛！

张明发到了县城之后，打听到刘书记家的住址，便提着麻花箱来到刘书记家门口。

他并不急于进门，否则屋里有外人就不便说出麻花箱里藏的"秘密"。张明发先用眼睛朝院里张望，看有没有干部给刘书记拜年。

院子里空荡荡没有一个人影。他又像出洞的耗子竖起两只耳朵仔细听屋里是否有说话的声音。还是没有听到一点说话声。

张明发壮了壮胆子，想了一下自己见到刘书记该说哪些话，而后才走进了大门……

走到院子当中，张明发故意咳了一声，意思是转告主人有客人来了。可屋里还是不见有动静，张明发就亲切地叫了一声"刘书记"！

这时从屋里走出了一个妇女，两手还沾满湿面粉。那妇女一见张明发便问，你找老刘吗？

张明发满脸堆笑说，我找刘书记，我和他是老交情了，这不，过年没事串串门，叙叙旧。

那妇女一听是刘书记的老熟人，忙把张明发让到屋里。

到了屋里，却不见刘书记。张明发问，你是刘书记的……

那妇女笑着答道，我是老刘爱人。

说完忙洗手沏茶，原来刘书记爱人正在和面准备包饺子。

张明发问，刘书记干啥去了？

女主人说，老刘大年初一看望县城几家贫困户去了，说要给他们拜年哩。这不，把我昨天捏的饺子全部拿去了，说要叫孤寡老人们吃哩，你看，我家饺子到现在还没吃哩，我正在和面重包饺子哩！

张明发心想，这个财迷鬼干部啥时变得体贴老百姓了？兴许是作秀，给自己脸上贴贴金吧！

张明发便坐在沙发上说，我等等刘书记。

女主人看见张明发带来的麻花箱，便说，老熟人了，坐坐就行。你还带礼品我可不敢收呀，老刘在这方面可有严格规定。

张明发笑着说，我和刘书记几年没见面了，他过去对我那么好，这是家乡的特产，过年哩，我还能空手来吗？

女主人说，不信我的话，你看老刘回来能收你的麻花吗？

张明发等了一会儿，见从门外走进一个身体瘦长的男子，那男子礼貌地问张明发，这位大哥，你有事吗？

张明发看那男子模样，估计是个普通干部来给刘书记拜年的。便说，我找老熟人刘书记哩，呵呵！

在一边埋头和面的女主人听见后忙说，哦，老刘，他是你的老熟人，不认识了吗？

老刘愕然了。

张明发心里想，刘书记胖胖的，将军肚，可眼前这个老刘——刘书记却是瘦高个儿，衣着朴素，难道刘书记这几年得糖尿病瘦了？可咋看脸形也不像过去熟悉的刘镇长呀！难道弄错人了？

张明发忙问，我找新来的县委书记刘书记。

那男子笑着说，我就是呀！

张明发傻瞪着眼愣怔了。

刘书记笑着问，你要找的刘书记叫什么名字呢？县委里边也有个副书记姓刘。

张明发有了一丝惊喜，现时社会不管当官的是正职还是副职，人们总是习惯用正职称呼，莫非我那老熟人是县委副书记？副的是二把手，肯定在一把手面前说话也顶事着哩。

想到这里，张明发嘴角上翘地说，我老熟人刘书记大名叫刘兴财。

刘书记脸色严肃地对张明发说，你要找的刘兴财，去年因涉嫌贪污受贿巨额财产已经判了刑，怎么你还不知道吗？

张明发当下如劈头浇了一桶凉水，从头直凉到了脚心。

张明发想，过去老熟人刘兴财已经锒铛入狱了，而眼前这个刘书记眼见的是个一身正气、关心民生的好书记，怎敢送这"秘密"麻花为儿子办事呢？张明发知道那样做准会像癞蛤蟆过门槛——既伤屁股又伤脸！

而眼前的这个刘书记却一脸严肃地说，中央三令五申要干部们廉洁自律，不准收礼受贿，你春节期间给干部送礼，可知错吗？

张明发尴尬而语无伦次地说，刘书记，我、我串错门了。对不起，我错了，我错了！

说罢，张明发提着麻花箱灰溜溜地走了……

**作者简介**

　　胡根庆，山西省稷山县人，自号五柳汾士，山西大学中文系毕业。曾荣获"电力杯""防震减灾杯""春节故事"征文大赛小说、散文一等奖，多次在征文大赛中获奖。在《山西老年》《山西农民报》《运城日报》刊登文章十余篇。在各网络平台发表小说、散文、诗歌、剧本及微电影等千余篇。

# 心 病

走进小院，老周习惯性地往楼上一瞭，西边房间亮着灯，窗户上透着毛圆的一点，像云遮雾绕的月亮向外面的夜发出不甘的光。老周知道，这灯光是要亮到深夜才灭的。

泡着脚，老伴一边看电视，一边唠叨他不干正事。本县新闻正在播放老师入编考试的条件和日期，也就一周左右的时间。老周没有说话，他原计划邀几个老同事去打乒乓球的，当然，必须叫上小赵。虽然是老熟人，但毕竟新上任，该笼络的还得笼络，打球的过程中顺便把那事提一下。他的那点小心病，大家心知肚明，又不是第一次操作，都轻车熟路。再因为这事郑重其事地去拜见或者打电话，不免见外，又失体面，也不是老周的办事风格。人事局工作半辈子，老周玩人就像玩球一样，随心所欲得心应手凌波微步罗袜不生尘。

可是这几天不见小赵。老周有些意外，那个球痴居然连着好几天不见来。

老伴却紧追不舍，那就打个电话直接说，打个电话怎么了？

明天着。

现在就打。老伴坐在沙发上，双手握成拳杵在腰腿间。这是宣战的姿势，是不达目的不罢休的姿势。

老周瞥她一眼，你至于吗？

老伴惨兮兮地摊开巴掌，五天，我都五天没睡好觉了。她望了一眼大卧室，声音哽咽了，瞅见我的孙孙就难受。

小赵的电话打不通，持续打持续没人接。家里已经飘起了浓浓的中药味儿。三年了，这味道如同季节一样准时飘荡在老周家里。伴随着这股味道的，是楼上深夜的灯光和儿媳妇日渐匆忙的行色，以及老伴焦躁愁苦的脸。她每天都会把孙孙打发上楼，吩咐孙孙多和妈妈玩一会儿。可是一听到孙孙哇哇的哭叫声，又会忙不迭地追上楼去，气喘吁吁地拎孙子下来。嘴里嘟嘟囔囔，整天不管娃，只顾自己，折腾个什么劲？这家里少了你吃的还是少了你用了？把我娃可怜得。

话是这么说，可是每天临睡前的红枣、核桃、豆浆还是不落空地送上楼去，不忘嘱咐一句：这个补脑，多喝点，别怕胖。

小赵的电话一直没人接。老周便大约知道了原委，又侧面打听了一下，知道现在的考试非同以往，他便放弃了运作，决定顺其自然。

他开导老伴，你别自己吓自己。哪有那么容易的事！

哪有那么容易？老伴惊奇地叫道，但她压低了声音，上一次……要不是……

老周连忙摆手，偷眼看着楼梯。他当然知道怎么回事。

几年前的一次公开招考，儿媳妇是考上了，但他做了手脚。过了那次，儿媳妇怀孕生孩子，耽误了几年。他们老两口在暗中祈祷，过了这次，超过招考年龄，就再没有机会，他们的心病也就消除了。可是这一次，偏偏这么严格……也只能听天由命了。

他安慰老伴，别多想，考上了也是咱家的媳妇，哪里就到了过不成的地步了？这不还有孙子吗？

老伴推他进入卧室，关上门低声说，当初要不是你给人家承诺，人家能进了咱的门？有孩子就安心吗？那她这几年哪一年不折腾？你说她要安心过还折腾个啥？

老伴问得自己越发紧张起来，她眼巴巴看着老周。

老周"切"了一句，是吗？照你这样说，她这样使劲折腾，就是为了摆脱咱儿子？咱儿子有那么差吗？

老伴愤愤地说，差不差你自己心里没数吗？当年我就说娶个普通点的，凑合着过就行了，图个心里安稳，你倒好！

老周不说话了。他的儿子的确有点差，至少和儿媳妇走在一起很容易引起人们的猜测。

这也是他和老伴的心病。

老周做好了老伴的工作。考上了，是她的命运，能过成，是咱家的幸运。顺其自然，积极面对，坦然接受。

还能咋样呢？老两口不再关注电视新闻。中药味依然在风中飘荡，不过淡了许多。二楼的灯光有几天的沉寂，儿媳妇的踪迹也有几天消停。

秋高气爽的一天，老周在院里侍弄花草，老伴在屋里照料孙孙。时光静静地从小院里流过，仿佛飘过一片云，一片雾。

老周的手机忽然剧烈地响起来。儿媳妇欢快的声音传出来，爸，爸，快看电视，快看电视，公布名单了。老周的心情不知怎的忽然欢快起来，他激动得有些发颤。他吩咐老伴，快，快，开电视，咱媳妇儿八成是考上了。

阳光照进客厅，老两口坐在电视机前，一脸平静。中药味若有若无，竟然有些丰富的香味。

作者简介

胡勿珍，1970年代生人，中学语文教师。有作品刊登在《运城日报》《火花》《古魏文学》等报刊和网络媒体。

# 出门过年

当选为支书的第二个春节起，老赵便不在村子里过年了。腊月二十九日那天他会带着妻子去 Z 城找儿子，直到年初六才回来。儿子是租的房子，四十多平方米左右，一家三口人勉勉强强能住。后来，儿子有了女朋友，那份拥挤便自不待言了。别的倒也无妨，可怕的是上厕所。某天早晨老赵的妻子被一泡尿憋醒，匆匆忙忙去卫生间，门是紧闭着的，儿子的女朋友早已捷足先登。这丫头酷爱坐在马桶上玩手机，一玩便是半小时。老赵的妻子等了很久，又不好意思敲门，她感觉到自己的膀胱都要爆炸了。没辙，只好忙忙下楼，跑到绿化带里寻了个犄角旮旯解决。

上楼后，妻子的脸色就很难看，她一直等着儿子和他女朋友出门后，这才跟老赵大吵了一架。她还指天指地发誓，明年打死也不来 Z 城过年了，除非他们能给儿子买一套大房子。儿子马上二十七了，还没有房，老赵心里也很焦虑。可是，能有什么办法？他们家的积蓄连 Z 城的一间厕所都买不到，儿子也只能靠自己打拼。

老赵为什么非要去 Z 城过年？

成为书记后的头一个春节，老赵被吓坏了。年初一那天，从早上八点到晚上八点，他家始终没断人来客往，人们自然不会空手而来，倒也不带什么贵重物品，无非鸡鱼肉蛋之类。大家都表现出极自然极随意的样子，都是简单说这么一句话：

"过年了，咱来书记家坐一坐。"

到了晚上，两口子盯着摆满客厅的五颜六色的包装箱，不知道如何是好。

"这么多东西咱俩哪能吃得了？不如送到镇上的超市让人家替咱们卖了吧。"妻子说。

老赵瞪了她一眼，说她头发长见识短，这些东西怎么能留下来呢？"统统送回去，"老赵说，"吃了你能睡得着觉？"

当天晚上两口子用电动三轮载着那些大大小小的纸箱挨家挨户物归原主。我们只能佩服老赵和妻子的记性，谁家送了什么，他们居然悄悄记在了心底。但后来却传出了一些难听的话，有人声称自己在牛奶箱里塞了五百块钱，送回去的箱子里只有牛奶没有钱，言外之意，老赵把钱贪了。尽管老赵问心无愧，还是非常生气。

眼瞅已经到了腊月二十九，老赵早早就把春联贴好了，尽管不在家里过年，春联还是要贴的。几天前，妻子已经炸好了肉丸、藕盒，剁好了肉馅，蒸好了花馍（都是儿子喜欢吃的），就好像她完全不记得去年发过的铮铮誓言了。然而，人算不如天算，一场莫名其妙的疫情搞得去 Z 城的大巴车在没有提前通知的情况下突然停运。

老赵得知后，急得像热锅上的蚂蚁，打电话跟儿子联系，让他开车回来接。儿子要等下午下班后才有空。下班后，儿子电话来说高速已经封路，只能走国道，可是国道的情况暂不明朗。老赵考虑再三，最终决定不让儿子冒这个险，万一他被堵在路上就惨了。

Z 城去不了，他们该去哪里过年？

妻子提议去她娘家，娘家在隔壁镇，老赵不喜欢他大舅子，去走走亲戚没事，过年绝对不行。妻子又建议去老赵妹子家，老赵说他妹夫是个大嘴巴，会把他们去过年的事嚷嚷到全世界。妻子又想了几家亲戚都被老赵否决了。到最后，妻子生气了说：

"我看咱们索性哪都别去了，今年就在家里过。"

老赵没吱声。

妻子看了一会儿电视就去炕上睡下了。大约是晚上十点钟，妻子听到院里有响动，就打窗玻璃上朝外面瞧，但见暗淡的灯光下，老赵扛着一架竹梯走了出去。妻子以为老赵是去大门外挂灯笼，这大晚上的，他就不会明天早上再挂吗？万一不小心摔一跤……想到这里，妻子慌忙披衣下炕来到院里。她听到外面大门上传来了锁门声，不知道老赵葫芦里卖什么药。妻子喊了一声"老赵"。

老赵没吱声。妻子便凑到了大门前。

"他爹，你在弄啥哩？"

"别说话。"

门外传来老赵近乎耳语的提醒。

"到底咋回事？"妻子也压低了声音说。

"你一会儿就明白了。"老赵说完人便不见了。妻子只听到一阵窸窸窣窣的声音。不久后，老赵在她身后出现了。妻子吓了一跳，她刚想说点儿什么，看到扛在老赵肩头的竹梯，瞬间就明白了。原来，老赵把大门锁了，又搭着梯子从墙上进了院子。这样别人便以为他们又去 Z 城过年了。妻子知道，接下去几天家里的烟囱是不能冒烟的，只能用电炉子做饭。

好在家还有一只电炉子。妻子想。

**作者简介**

李先锋，山西省作家协会会员，山西文学院签约作家，晋中信息学院创意写作学院教师。作品散见于《当代》《花城》《大家》《山西文学》等文学刊物，出版小说集《归址》。

# 虚惊一场

"同志们，过去的一年，我局圆满完成了上级布置的各项任务，廉政建设也……"杨廉杰局长在全局干部职工大会上做年终总结报告。他说："我们的工作还存在着这样或那样的……"杨局长的"问题"两字还没说出口，会议室的门突然被推开了，一个陌生人急匆匆地走了进来。杨局长和台上的几个领导急忙站了起来，那个人示意大家坐下，在局长耳边嘀咕了几句，局长脸上立刻没了血色，局长也对自己的助理耳语了一下，然后跟着那人走出了会议室。几个领导隔着窗户清清楚楚看见局长坐着那人的小车走了。

几个领导都认识那人。那人在市委党校给全市的干部讲过廉政课。那人是中纪委督查组的"铁面包公"。几个领导也都知道，那人的车万万坐不得，很多官员都是坐那人的车被逮走的，那人的车让一些当官的闻风丧胆。

局长和那人走后不到一刻钟，王副局长好像突然想起什么大事，双手给大家抱拳了一下，急急离开了会场。财务处长也捂着肚子好似得了急性肠胃炎一般溜了出去。

台下的职工交头接耳，都不知道发生了什么事。助理说："大家安静下来，几位领导临时有急事，咱们继续开会，下面请李局长宣布先进个人名单。"

李副局长双唇哆嗦着半天说不出一句话，不一会儿就瘫在了主席台上。

医护人员把李副局长抬到救护车后，会议室里早已炸了锅，骂娘的、骂爹的、骂先人的，什么脏话都有，助理和办公室主任等几个人喊破了嗓子也无济于事。

就在有人吵闹着要离开会场的时候，会议室的门又被推开了，局长回来了。会议室里立刻安静了下来。局长瞥了一眼冷清的主席台，紧锁着眉头问助理："怎么回事？"助理就给局长说了事情经过。局长说："给两位领导打电话。"

助理就拨王副局长的号码，语音提示："你拨打的电话已关机。"

助理又拨财务处长的号码，语音提示："你拨打的电话已关机。"

"怎么会是这样呢？"局长忽然想起自己是坐中纪委督查组的车离开的，头脑就清醒了许多，无可奈何地摇了摇头，然后宣布继续开会。局长说："实在对不起大家，今天早上，家父从乡下来看望三年没回家过年的我，下车后心脏病复发，正好被路过的中纪委督查组的同志发现。他们把我父亲送到医院后，按照我给父亲的地址找到我。好在我父亲已经转危为安。是中纪委的同志挽救了我父亲的生命。"

"中纪委的同志对贪官毫不留情，对百姓菩萨心肠。"局长说到这里，会议室里响起了热烈的掌声，经久不息。

作者简介

　　杨晓因，山西省作家协会会员，稷山县作家协会副秘书长。数百篇作品发表于国内外报刊并多次获奖。

# 共　振

　　小姚是五年前进我们局机关的，大学文秘专业，1990年代初出生，属于网络信息时代的新新人类，与我们这些老土们不可同日而语。小姚是一个紧跟潮流的人，用我们局长的话来讲就是与时俱进，局长对他挺看重的。局长也很年轻，三十八岁，也是与时俱进的人，英雄相惜嘛。

　　当我们正在咬着笔杆子苦思冥想时，小姚已经在电脑上嗒嗒嗒完成了任务；正当我们为谁这一次晋升主任科员而钩心斗角时，一纸任命，小姚已是我们的文秘科长；当其他科长正骑着自行车忙于奔命时，小姚已经购置了一辆时髦的宝马X3，带着漂亮的妻子到处兜风。局里机关大大小小没有不佩服小姚的，大家都说小姚思想和实践都符合时代潮流，能干事会享受，要向小姚学习。可都是嘴上说说，没见哪一个有所行动。

　　小姚的确会干事，也会享受。虽然年轻，却很有魄力和威严，连老同志见了他也凛然而生怯意。文秘科的景象一改萎靡涣散，变得生机勃勃充满激情了。小姚扭转了文秘科的形象，以前文秘科门庭冷落，摇笔杆子的哪有人理睬。现在不是这个科共邀聚会，就是下面哪个县政府部门请客吃饭，红火着哪！小姚，不，姚科长更是电话不断，应接不暇，我们不由对姚科长敬佩起来。

而且，我还掌握了另一个不为人知的秘密，那就是姚科长的汽车会随着音乐的节奏变化而摇晃。那是今年开春时，我和老婆去郊县一个旅游区踏青，信步转到一个无人处，忽然就发现了我们姚科长的车，正放着音乐左右晃动着，我也没多想就上前去准备和领导打个招呼。走上前，却后悔得一塌糊涂。车内，姚科长搂着我们局新分来的"局花"攸攸正云里雾里飘哪！攸攸俏脸潮红地闭着眼睛喃喃自语。姚科长瞟了我一眼，心怀不乱地继续运动着，白花花地真刺眼。反倒是我落荒而逃了。

我对谁也没说，姚科长见了我也跟没事人一样，只是那个攸攸见了我总是鄙夷地"哼"一声，好像是我做了什么见不得人的事似的。

那件事时间不长，我们的姚科长又高升了，按照上面关于干部年轻化要求，每个县要配一名三十岁以下的副县长。在我们局长的大力举荐下，姚科长顺应潮流又成了我们市最年轻的副县长。县里给姚副县长配了一辆三菱吉普，他的那辆宝马由她漂亮的妻子开着，美女靓车成了我们家属院一道靓丽的风景。

姚副县长上任时间不长，那辆性能极好的三菱车却翻下悬崖去了，和他在一起的被誉为"县花"的姑娘当场香消玉殒。姚副县长也奄奄一息。

副县长出了这么大的事，那还得了？市县有关部门组成调查组。结果却不了了之。民间版本倒很多，比较真切的是：那一天，一个搞房地产开发的老板约姚副县长带着刚相好的"县花"协商开发事宜，老板奉上红包后告辞。姚副县长带"县花"到风光绝妙的情人崖，单膝跪地，一捧玫瑰外加一个红包。佳人欣然一吻，两人便在车里随着音乐翻云覆雨。随着节奏的加快，车的晃动越来越大，最后产生共振，翻下崖去。

消息传到单位，大家都不信：共振有这么厉害？

不管大家信不信，这件事在局里爆发了强烈的共振。

我相信，只是无法去求证了。姚副县长在病床上听到调查组向他宣布了免职的决定后，身体产生剧烈的共振，一阵声嘶力竭的痉挛后永远地离开了我们，享年二十六岁。

作者简介

　　周琦，笔名周默，号玄真斋主人，文化学者，青年作家，陕西省作家协会会员，陕西省诗词学会会员，陕西省职工作家协会理事，西安市音乐家协会会员，现供职于西安市碑林区人民政府。作品有长篇小说《雉鸡翎》《滋水镇》《乾坤湾纪事》，中篇小说《鲸鱼沟》《血很热，手很凉》，诗文集《心的战场——周默放歌》，歌曲《长安城》《恋恋德福巷》等。

# 路·花

路是未来伸向您的一只手
是秋天对春天的践诺
是远方对眼前的期待

路是风对大地的叩问
是近水向远山的渴望
是小草对风的约定

路是历史的回眸
是脚印对脚印的敲打
是绽放在汗水里的水晶花
是盛开在血液里的红玫瑰

——王纪峰

# 门　卡

天还不太亮，老人就用一只手轻轻按了门卡。门无声地开启一道缝，他的脸颊就像被人吹了一口，这股风似乎在门外等他很久了。"关门、关门。"一只鸟在笼子里沙哑地说。他就低头瞅了眼另一只手里的年龄同样也不是太小了的鹦鹉。

他一瘸一拐地离开这座院子，习惯性地回头瞅了眼。这是座城中的独院，三层的房舍被浓密的树木包裹着，像一个藏着永不为人知的秘密纸匣。

老人转过身放开了步子，虽然清晨落满灰尘的街道使他的脚步一轻一重。他的跛腿已经二十多年，连自己都感觉不到障碍了。他要去街心公园，那里有同样早起的几个"鸟友"等着他。

街上已经有车辆行驶了，但都不是很快，像还没睡足似的。

公园离老人的家三里路，当人走得感觉脊背冒汗了也就到了。那儿是另一番景象，鸟儿们见面可比人见面热情多了。

可就在公园门口，他被一个穿着白衬衫的胖男人挡住了。

"大爷，好早啊。"

老人一愣。

四十多岁男人像变魔术似的从身后转过个鸟笼。

老人一看眼睛亮了：哦嚯。笼子里的八哥真健壮，真漂亮！

八哥也会巴结人，恰到好处地叫了一声。

老人就喜欢得不得了："往天咋没看见您呢？"接着往公园里一指，"快，让他们都稀罕稀罕。"

胖子却挡住了老人："大爷，您喜欢这只八哥吗？"

"何止是喜欢。"

"那就送给您了。"

老人说："年轻人，不带这样的，一早晨戏耍我老头子。"

"大爷，是真的。"

"哈哈，咱俩连认识都不认识。"

"大爷，不瞒您说，我认识您儿子。"

"噢，原来在这儿。"老人心说，"那好，你认识我儿子，就送我儿子那儿去吧。"

老人提起自己的鸟笼子径直走进了公园。

第二天，儿子下班，从车上拎下那个鸟笼子。

"爸，您想多了，他真是我的朋友。"

老人说："我看他像个老板。"

儿子笑着："看您，谈虎色变。官员就不能交老板朋友了吗？老板不是天生的坏人，我们国家大部分税收是老板贡献的。"

老人的眼睛早盯着面前的八哥了："其实这八哥一眼就勾丢了我的魂，我只是怕给你添乱。"

儿子说："爸，没有的，您一直这么严于律己。"

"这我可得给他们好好显摆显摆。"老人说完，按了下手中的门卡打开门，兴冲冲提着八哥出门去了。

院里的儿子看着那扇门，把一瘸一拐的爹挡在门外。

此后这扇门打开时，就经常有那个胖子进来。那都是儿子在的时候。

一晃秋天了。树上浓密的叶子开始发黄、掉落，老人就多了一项活计——扫落叶，落叶装进袋子，用手推车送去附近的垃圾箱。树光秃秃了，树上别的鸟少了，麻雀却多了起来。麻雀就像农村饶舌的妇女，那嘴一刻也不闲着。

麻雀叫笼子里的八哥刺痒啊。屋里都感到烦了，老人就将八哥笼子拎到院里来。再说，这一家人就老人醒得早，其他人还在梦中呢。不能被八哥吵醒了。八哥来到院里，兴致盎然，与树上的麻雀比嗓音。

这时老人的儿子起来了。

"爸您小心着凉。"儿子将一件衣服披在老人肩上。

老人并没反应，仍在出神地看着鸟们对唱。

儿子心里掠过一丝悲凉：爸有了童心，说明真老了。

"爸，那就是几只麻雀。"

"没错，爸认得。"

老人说完，突然大声地号了一声，树上的麻雀扑棱棱飞走了。走了还不甘心，在小院上空打了几个旋才没影。

麻雀没了，笼子里的八哥急坏了——

老人自己叨咕："你再着急我也不能放你出去。"

老人："谁让你进了笼子呢，当初在大自然多好。唉，一旦进了笼子，真的连麻雀都不如喽。"

老人的眼睛竟有点湿。

老人并不看儿子，说完拎起八哥笼子，一瘸一拐走了。门又轻轻关上了。

儿子即刻又把门打开了，静静看着佝偻着身子的爹在视线中消失。

儿子泪流满面：我知道爹的苦心了。娘死得早，是爹含辛茹苦把我养大，他的腿就是我读中学那年他去一桥梁工地打工，从架子上摔下来——我，一旦出了事，谁来管爹啊！

儿子把送鸟人约了来，将一张卡还给他：这是一张门卡。

送鸟人吃惊："黄处，您弄错了，这不是门卡，是银行——"

话被儿子打断："不，这就是门卡，它打开的是监狱的门。"

作者简介

田夫，实名田福，内蒙古赤峰市人，内蒙古作家协会会员，中国自然资源作家协会会员，喀喇沁旗作家协会副主席。内蒙古作家协会签约作家。已出版了多本文集，微小说发表于全国多家报刊，已有四篇微小说被《小说选刊》转载。

# 好一盆兰花草

大成照顾婴儿一样小心翼翼地将一盆待开的兰花草抱到齐志家门口。

齐志倚在破旧的大门上，脸拉得黄瓜一样长："这是干啥？"

"干啥？老同学来你家坐会儿，喝口水。一不送礼，二不行贿，不欢迎？"大成嘴巴一歪，奚落起齐志来。

齐志有点不好意思了，近来找自己办事说情的人太多了，认识的不认识的，拿钱的拿物的，白天的晚上的，让齐志烦不胜烦。

大成将兰花草轻轻放在窗台上："喏！多年不见，来看看你，空手不像话，买东西又怕你多心。我自己养的，送你总行吧！虽然不起眼，我可是当宝贝待的。这兰花草不值钱，一棵长大能分十几棵，开花满院香，院外都跟着沾光！不俗吧？"

齐志搓着手笑了。俩人坐在矮沙发上，喝着清茶，回忆起从前。他俩小时候一起和泥，上学结伴而行，齐志受欺负，大成帮他打架，后来俩人同时喜欢上"马尾巴"……大学毕业后，大成脑子灵活，跑销售，做业务，如今有了自己的加工厂。齐志不善言辞，老实忠厚，为人正直，回老家当了村干部，一步一个脚印，走得沉稳，人人称道。

大成环顾着齐志家里：旧房子，老家具擦拭得锃亮，处处显得温馨。齐志笑道：寒碜点没什么，能站在阳光下才最安心。

俩人谈话内容的时间跨度终于从小时候进展到了当下。大成说："我知道咱那块地正在招标。我想建个工艺品厂。咱这漫山遍野都是原材料，就地取材。乡亲们也能发展特种种植，还能解决一部分劳动力。我知道还有其他人想着这块地方，他们能创下的利益都比我大，但是从长远看，我的环保又利民，我……"

"你要是念旧交情，咱就不谈工作的事。要不你就走。只要你的项目符合上边的要求，那就有希望，你把材料交上来等通知就是了。"齐志给大成添了茶水，转换了话题。

大成走的时候，又看了一眼兰花草，他对齐志说："好生地养着它，这可不是一般的兰花草，是我给你的兰花草，哪哪都珍贵！"

齐志连连点头："那是那是！别人都来送钱送物，唯独你提醒我当真君子，你才是懂我的真朋友！"

大成建厂的事一路绿灯，从提交到审批通过出奇顺利。有人提了意见，齐志被相关部门带走问话了。

"齐志齐志！我对不起你！都是因为我，我去自首！我去自首！都是我的错！齐志齐志！我对不起你！"大成扎进齐志家里时，齐志正端着印有"为人民服务"的茶缸刷牙。他"咣"地咽下满口泡沫水，水又从鼻子喷出来，眼泪也呛得流出来："精神病呀！你说的啥呀？"

"我知道建厂你出了大力，不然哪能这么顺利。我不该为了达到目的给你送礼啊，害得你被约谈，我毁了你的前途啊！我糊涂啊！"大成捶胸顿足，揪着头发。

"送礼？"齐志错愕地瞪大眼珠，"兰花草？"

"是……对……兰花草……"大成的鼻涕流下来了，眼窝也红了。

"找我是让我配合调查，我实话实说就行了。你的手续齐备，干的又是长远的事，合规合矩，全票通过。我没说过一句话。倒是兰花草，兰花草咋了？稀世品种？"

"兰花草……兰花草它……它哪儿去了？"大成欲言又止地望向窗台，突然愣住了。

"你来第二天，你娘来找我娘聊天，见到这花喜欢得不得了，就索性送她了。你娘还特意又送回来六个苹果。咦，这么长时间了，你都不知道？你多久没回家看你娘了！"齐志瞪了大成一眼。大成却激动万分，顺势将齐志抱起来转了一圈："齐志啊！我错了，我差点害了你！那花十块钱都不值，可那大花盆子啊，是清代古董呀！"

"你小子！好呀！你小子，合情合法的事搞什么歪门邪道！我告诉你，这样的事在我这行不通，在这个国家也越来越没有路可走！你这个家伙！"因为生气，齐志的脸像一根变形的油条，他狠狠地捣了大成两拳。

"哎呀！你快回家看看吧！那天你娘说这花得移进院子里长得才旺。那盆底下没孔正好干点别的用！"齐志猛地一拍脑袋说。

"我的天哪！"大成龙卷风一样飞上了车，"我娘最喜欢腌咸菜了！"

作者简介

张瞰，黑龙江人，现居山东济宁，喜好文学，兴趣广泛，常有散文、小小说见于杂志报端。

# 旺局的立博

正午的太阳直射着村前的水沟，空气中弥漫着刺鼻的气味。那条又脏又臭的阿布索（卷毛狗），也和往常一样在自己的一亩三分地上无精打采地觅食着。这时，有一股异香扑鼻而来，顿时让阿布索情不自禁地跳过水沟，逆风而行，一路嗅到村委会大院门前。

大院里正在摆宴为领导饯行。阿布索垂涎三尺地望着地上到处撒落的美食，可当它抬头望见那些平日里欺负自己的狰狞面孔时，四条腿就好像胶在地上一样，胆战得无法再往前迈上半步。

望着美食，想着身上的伤，正内心百感交集时它被汽车的喇叭声惊醒了，它不知所措地止步在路中间无法抉择。

这时，司机把头伸出车窗外，叫喊着边上的人说："快去把那条狗赶一下，它挡在路中间了。"

"什么狗……"领导的话还没说完，坐在后面的巴桑达瓦抢着说："恭喜领导，贺喜领导，这真是一个好兆头。从古至今，有多少忠臣贤士用狗的忠义精神来表明自己忠于国家、忠于人民。还有领导你看它那身黑白相间的卷毛，更能体现出你在新的工作岗位上黑白分明、刚正不阿的为官之道呀！"

领导眉开眼笑地说："你这个小同志懂得还挺多的，听你这么一说很有道理嘛。既然是个好兆头，那就把它抓来，我就收它为义子。"

巴桑达瓦迅速跳下车对着几个人大声说道："领导说了要把那条狗抓来。"话音刚落，几个人一起拼命地去追那条狗。

没过一会儿，人们把它装在麻袋里扔上了皮卡车。当车子再一次缓缓走出大门的时候，又有几个人醉醺醺地摇摇晃晃地抽泣着，目送着领导。

在那条十年如一的泥泞路上，领导的车子如脱缰的野马，绝尘而去，只留下漫天飞舞的尘土。

汽车跌跌宕宕穿过河水，翻过大山，来到一个绿树成荫的草坡边时，巴桑达瓦轻轻叫醒了车子里酣酣入睡的领导说："领导，我们是不是像往常一样在这边休息一下，顺便吃点东西？"

领导揉了揉眼睛，打了个哈欠后说："好吧。"

车子刚刚停下，巴桑达瓦健步如飞地从皮卡车厢里拿出那张双龙戏珠的藏式卡垫，铺平在草坪上，又从边上的溪水里打了一盆清水让领导洗漱。

酒足饭饱后大家都伸着懒腰躺在草坪上闲聊着，可巴桑达瓦却弓着身子捡起地上没有啃光的骨头。

领导斜着身子看着他说："小同志，你这是什么意思？难不成你的环保意识突然间提高了？"

"不……不是旺局，我是想把这些剩饭剩菜端给那条狗吃。"

这时，领导似笑非笑地说："什么旺局，我还没有正式上任，小同志不要乱说。至于那条狗，以后就别给它吃残羹剩饭了。我看你这个小同志对小动物挺有爱心嘛，往后就由你来照顾它。还有就是别总是狗、狗地叫唤，得有个名字。"

领导点了根烟，非常严肃地思索后说："看它长得又矮又是卷毛，那就叫它立博（矮小的意思）。上户的时候必须要写立志的立、博士的博。"

巴桑达瓦伸着大拇指，阿谀谄媚地说："噢！这名字起得好，领导你太有才了，这些年在那个山沟沟里真是屈才了。那以后我们就叫它旺局的立博，这样的话就没有人欺负它了。"

短短两三年的时间，立博从一条又脏又臭的流浪狗变成了享受人世间最奢侈待遇的狗。平时无论走到哪里都有人弯着身子摸着它那扎手的卷毛，夸它的毛色柔顺光滑、脑子聪明伶俐……

在巴桑达瓦的再三协调下，立博不仅拥有两室一厅一厨一厕的公寓，还专门雇了负责饮食起居的高级养生师傅。有了固定的豪宅后，来慰问立博的人也就多了。他们给它带来市面上非常流行的名牌衣裳，还有各种各样的狗粮，甚至有人用金子给它量身定做了狗牌。

每到周末，立博的寓所前更是车水马龙，人们都排着队想带立博出去玩：有的想带它到大山深处去泡温泉；有的想带它到市区去洗桑拿做头发；有的想带它到市里买衣服和零食；有的想带它到大医院去打疫苗；更有人想带它去内地参加狗狗相亲栏目，等等。

一时间单位的院子里挤满了大大小小的人和车，弄得巴桑达瓦束手无策。还好，巴桑达瓦的秘书想到了抓阄的办法，才把这一年的周末生活安排得妥妥当当。

那是一个初春的早晨，道路边一排排的柳枝跟着东风翩翩起舞，树上的小鸟卖弄清脆的歌喉叫唤着春天的到来，空气中弥漫着百花绽放的芬芳。巴桑达瓦却黯然失色，蓬发垢面地双手紧抱着一个文件袋，低着头战战兢兢地走进了纪检委的大门。

后来，在那条宽阔干净的柏油路边，城管抓了一条流浪的卷毛狗，送进了流浪狗收容所。

作者简介

索朗旺久，藏族，又名藏洛岗日。中国少数民族作家学会会员，有诗歌、散文、小说以及翻译文章散见各类报刊，并有多部作品被收入多种选本。著有人生哲学随笔集《青茶人生》、个人诗集《青稞的芬芳》。

# 一只小碗

　　梁生成的祖上在御膳房当过厨师，深得皇上宠爱。坊间传说他家藏着不少古玩，都是价值连城的宝贝。可是，从他的祖爷爷去世后，梁生成没有看见家里有什么值钱的东西。只是老屋门楣上阴刻着的"耕读传家"四个大字的颜色，还没有完全褪尽。

　　梁生成在师范学院毕业后，被分配在桃花坞小学教语文。他平时爱好写作，奋斗了十年，在报刊上开始发表文章。他的才华被县教育局发现，调到局里的普教股写材料。后来被县委办调过去给书记写材料。一晃又一个十年过去了，比他来得晚的人已经提拔了好几个，他还是一个小干事。他有些郁闷。

　　周末的时候，他约他的朋友张晋安在酒馆喝酒。张晋安和他原来在一个学校教过书，后来到了部队，复员后，自己开了古玩店，专业从事收藏行当。他这个人是个见面熟，人缘极广，三教九流有各式各样的朋友。

梁生成和张晋安要了一盘油炸花生米、一盘红油耳片、一盘素三样，吃着、说着，喝着。一来二去酒喝高了。梁生成就向他的朋友道出了自己的苦衷，他感到自己没有出息，不是说非要当官，但从政多年不被提拔，在外人看来自己好像有什么问题似的。

张晋安抿了一口白酒，哈着酒气说："你太天真了，你以为你拼命工作，凭成绩就能被提拔？"他生硬地一挥手，"连门也没有！"

梁生成有些不明白，他说："那难道你要我去买官？我们书记可廉洁了。"

张晋安眼睛有点发红："你知道你们刘凯富书记的爱好吗？"

"我没注意。"

"他可是我们的藏友。你想进步，怎么说也得表示表示吧，哪有你这样干指头蘸盐的！"

晚上回到家里，梁生成失眠了。张晋安的话反复在他的耳际回响。他辗转反侧，想了很多很多。

第二天，梁生成请假回了一趟老家，他翻箱倒柜，终于在阁楼上发现了一个小箱子，里面用黄布包着一个小碗，是青花瓷。他擦拭干净后，翻过来一看，碗底有"康熙"字样。他心花怒放，急忙给张晋安打了一个电话。他多长了一个心眼，他说他的一个朋友有一只清代康熙年间官窑烧制的小碗，不知现在能值多少钱。

张晋安是聪明人，只是不点破而已。他告诉梁生成，如果是真的，至少要值四五十万元。

梁生成好像看到了自己升官的红头文件，高兴得浑身颤抖。返回县城，他洗了澡，换上了干净的衣服。到了晚上，他看见刘凯富书记房子的灯亮着，就小心翼翼地揣上那只小碗，前去拜访。

他不敢使劲敲门，只是用手指轻轻地弹了几下，听见里面应声，才推门进去。书记大班台后面的墙壁上悬挂着一面书法牌匾，上面写着"清正廉洁"四个大字。书记手里捏着一块软布，正在擦拭他博古架上稀奇古怪的古玩，见他进来，笑着问道："小梁来啦，你们写材料很辛苦啊。"

梁生成感到非常温暖。他说："刘书记，听说您是收藏界的专家，我们老家有一只康熙年间官窑烧制的青花瓷小碗，放到老家也没有用处，还是放到您这里才显得协调。"说着掏出小碗放在书记的办公桌上。刘凯富笑眯眯地拿起小碗在台灯下仔细看着，啧啧称赞："小梁，你真是个有心人，这可是一件宝贝。你看这包浆，这做工，真是好东西。这样吧，你拿来了，我就收下，你开个价，我给你钱，我不能白拿你的东西。"

梁生成急忙站了起来："刘书记，您言重了，这就是一个小物件，不爱好的人还不当成普通小碗使用？弄不好还给打碎了。您忙吧，我不打扰了。我到综合组去修改材料。"

刘凯富走到梁生成跟前拍拍他的肩膀："小伙子，好好干，组织是不会亏待你的。"

半个月后，一次常委会结束了，组织部发出了干部任命文件：任命梁生成同志为某某县委保密办副主任，括号试用期一年。获悉这个喜讯的时候，梁生成正在润色"全省勤廉兼优标兵刘凯富同志先进事迹材料"。

梁生成终于当官了。他又一次回到老家去祭祖，感谢祖上的阴德。可是好景不长，没有到半年时间，又一次常委会结束后，组织部又发了一个文件："免去梁生成同志保密办副主任职务。"

他百思不得其解，就去找县委办主任打听情况。主任很为难，他说："按照保密法的规定，我不能告诉你实情，但是，看到你点灯熬夜，鞍前马后辛苦了十年的分上，我告诉你，有人举报你泄露了国家机密，举报信是直接寄给刘书记的，我也没有看到。小伙子，不要灰心，哪里跌倒哪里爬起。"

梁生成像霜打了的茄子，他受不了这突如其来的打击。他钻进宿舍，蒙头盖被，大哭了一场。天黑的时候，他溜达到街上去，约张晋安喝酒。

倾诉也是一种释放，梁生成把自己的委屈全部倒给了朋友。不料张晋安说："你以为你真的犯了错误，泄了密？我告诉你，那是借口。你送给刘书记的小碗，他拿到省里去鉴定，人家说是赝品，是假的！"

作者简介

王维新，笔名秦千文，大学本科学历。1987年12月14日在《陕西日报》秦岭副刊发表小小说《吮》，之后因故辍笔。2014年重新学习小小说创作，至今发表小小说一百五十多篇，获奖四十多篇，有三十篇作品入选各种选本和中考试题，出版小小说集《红尘如烟》《除夕之夜》。中国微型小说学会、北京小小说沙龙会员。《微型小说选刊》优选作家。

# 我是你的幽灵

说起我，人人都要捂住嘴巴和鼻子，然后背过身去，总觉得我就是万恶的根源。要我说，根源不就是因为吃吗？哼！

那时你还小，年代也久远，吃的主粮是：苞谷饭、荞麦饭、洋芋，偶尔也吃点米面。蔬菜是：青菜、白菜、萝卜、茄子之类。带荤的日子不多见。这些食物在体内流通也不过短短十几个小时，就完成使命——或走向荒野，或下到茅坑。你那时还经常回过头来看着我，说："这玩意儿怎么像绿松石？"

你年轻的时候，忙于焕发自己的青春，忙于自身的发展，锐不可当地向前；你幻想某种更伟大、更崇高、更美妙的东西。的确，你通过努力慢慢实现了自己的目标：四十出头就做到县处级干部了，当然，随之也变得贪婪了。记得有一次应酬，你先是被几瓶才华横溢的好酒拐走，再胡乱地吃些山珍海味。这几种物质混合在一起，产生了不可调和的抵触。一抵触，杂七杂八的东西便刺激着你肠胃。立刻，你的肉体开始反复出现阵痛，一阵紧似一阵。你在片刻之间简直无法忍受，大汗淋漓。你明白，你必须做点什么，才能把疼痛从自己身上排挤出来，排到马桶里。于是你咬紧牙关。

"疼痛从哪里进去，就得从哪里搞出来。"而后你反过来看着我大骂一声，"好臭！"

"'臭狗屎'通常不都是这样演化而来的吗？"我蓦然心想，"能有什么办法呢？我这个幽灵只是你意识的产物而已——你想吃什么，我就变成什么。"

第二天的疼痛缓解后，老总们为了达到某种目的，又到你办公室说："张书记，今晚老地方，不见不散。""好了伤疤忘了痛"这句话在你身上体现得淋漓尽致，你阳光灿烂地应允了。宴会中途，为了增加气氛，你还常常说："我吃故我在。"老总们总是整齐地跷起大拇指夸赞你："张书记具备了哲学家的气质！"——虽然也不缺少精神病范儿。

那段时间，你像被黑暗抬着，欲念和肚子一直在膨胀。终于有一天，我实在忍无可忍了，必须给你点颜色看看——要革你的命。

那晚宴会回到家后，我终于听到你呼喊："菩萨啊，为什么你不结束这一切？我犯了什么罪，还是我祖先犯了什么罪？为什么我必须受这般疼痛的折磨？"你痛得哭天喊地，你的影子在捶着无望的鼓皮。

"你是不是又去喝酒了？"你老婆生气地问，"或是吃了不干净的东西？"

"就陪朋友喝了几小杯，又吃了点野味。"你面色铁青地把杯子说得很小，仿佛里边根本就盛不住酒似的。

"值得这样吗？"

"当然不值得，到此为止了。"你有气无力地说。

"如果生命也到此为止，那一切痛苦都结束了。"你老婆悠悠地接着说，"可是，在一个人的生命中，他身上承载着父母、孩子、爱人、家庭尚未续完的梦。看看过去的生活方式，看看现在的情况；当前这一刻的生活方式，自己要负责。如果再胡乱冲撞，可能会牺牲我们的整个未来。"

你痛苦地点头认领。

翌日清晨，你老婆扶着你去到医院。先是做胃镜检查，一根管子插进你的食管，直抵胃部。你想叫，但发不出声来；你想吐，但吐不出来。你眼泪直流。你口水顺着嘴角流在整个脖子上。半个小时后，结果出来了：糜烂性胃炎。

随后又去做肠镜检查，叫到你的号时，你进去后呆呆地站立着，不知道要怎么做，因为做肠镜的是个女医生。"脱掉裤子，"医生似笑非笑地说，"都成年人了，还不好意思吗？"你按医生的吩咐，脱掉裤子躺在一张床上。医生试图将一根管子插进你的肛门，却怎么也插不进去。"放松，夹那么紧干吗？"医生几乎是带着怒吼的口气。你试着不收紧肛门，这一收一放，肛门上的那个小东西也跟着起伏。医生用力将肠镜管子旋转着进入了直肠，然后再通向大肠。检查完后，医生说：

"是慢性肠炎，要注意饮食。"

"我以为得了什么绝症。"主人苦笑着谢过医生。

"离绝症也不远了，"医生冷冷地说，"如果再胡吃海喝的话。"

从此，你视每一天的日子珍贵得就像从海里捞起的经书，一律拒绝请吃、吃请。你还日日坚持锻炼。虽然不再需要大鱼大肉相伴，但粗茶淡饭的一日三餐让肠胃更通畅，身体也慢慢恢复了健康。

你现在只要走到餐馆附近，便会听到："贪婪会使身体躺下去变成地平线。"

由于我只是观察者和描述者，无法扮演被描述者的角色，所以根本达不到像人那样有超然事外的全知视角。但我知道，在狂潮行为中自我折磨后，你回头是岸，灵魂才没有被幽灵偷运过边界。

作者简介

程勇，籍贯贵州仁怀，西藏从军二十余载，现居昆明，贵州省作家协会会员。作品发表在《解放军报》《中国国防报》《西藏文学》《散文选刊》《海外文摘》《散文诗》《中国诗歌》《中华文学》等刊物。

# 伤心的月饼

与她们相比，我就是名门闺秀。这年头，谁还敢像我一样豪气地宣称自己来自五星级大酒店？我独享中秋礼品专柜的正中央，亮眼的包装与不菲的价格，让多少经过我面前的男女老少，眼里顿时充满了异样。我的姐妹不多，可我们都占据着商店和超市的最显眼位置。中秋节前的主打明星，非我们莫属。

高处不胜寒，从离开酒店制作间，套上豪华套装的那一时刻起，我就感到了莫名的孤独。我能中意的那位有情人，你在哪里？从上柜的第一天开始，我就无比期待。一天，两天，三天，时间在漫长的等待中渐渐流逝，商场人来人往，可我的知音还是难觅。让人生气的是，我旁边那些整天挤在一起、素面朝天、出身卑微、值不了几个钱的家伙，却一个个被人高高兴兴地领走了。

等啊等啊等，终于在上柜第五天等来了我的真命天子。他是在快下班的时候来的，走路的样子有点风尘仆仆。他径直来到我这个专柜前，看了看我的漂亮身影和价格标签，就毫不犹豫地用双手捧起我刷卡走人。真的，我很喜欢这种一见钟情的感觉。我偷偷打量了他一下，他的年纪应该在三十五岁左右，虽然有了一点点啤酒肚，但还是蛮帅的，是我非常喜欢的那种类型。

他的车不错，内饰像宝马，坐起来像奔驰。他带我来到了一家位置稍偏但装修大气的酒店。没想到酒足饭饱之后，他毫不吝啬地把我送给了一位穿着考究的老板，还低三下四地说今后还请多关照。老板没有推托，很自然地接过我，一脸笑着说，这么好的月饼呀，谢谢谢谢，今后我们合作愉快！

他是一个商人！商人重利轻离别，我离开他坐上这位看上去还不显老态的老板的车，竟然没有常人所想象的伤心的滋味。老板在车上不停地打电话，好像是要约一位很重要的客人，为了约到这位客人，老板不停地找朋友帮忙。老板打电话的声音时而大时而又小，听得我一头雾水。前后大约一个小时，我们的车在街上漫无目的地行驶着。最后终于听到老板大声说"OK"，这才确定去某宾馆过夜。

我躺在车上思前想后，估计自己明天又要被转送给别人了，而且应该是老板电话中的那位重要客人。他是帅哥还是美女，他是领导还是大老板？我想着想着心里顿时冒出了些许好奇。果不其然，第二天十点半，老板带我来到一个高档小区边，又在我盒子里塞了一个厚实的信封，然后才小心谨慎地把我交给了一个保姆样的中年女人。别怪我嘴损，我在柜台虽然只待了几天，但我相信自己的阅人经验，这中年女人一定是个大户人家的保姆。老板小声地对她说，还请转告主任祝他节日快乐！中年女人应付地回了声谢谢，转身就走了。

保姆把我带回家马上就交给了主人，她是一位保养得非常好的女人，我都看不出她的真实年龄。她熟练地打开盒子取出信封，然后就直接把我扔进了她家角落里的一个小仓库。仓库里东西不少，有名烟名酒和其他认不出的礼盒等。也许是里面温度比较高的缘故，我进了仓库就浑身不自在。黑乎乎的仓库，难道这就是我的归宿？

事情比我想象的要好，才在仓库里待了一天，我就被她家的小帅哥请了出来，正上高三的他要拿我送给班主任老师。我还想看看让老板头痛的主任的模样呢，到了他家也不给机会，真有点遗憾。儿子的事妈妈非常重视，亲自出马开车到了老师家门口，把老师请到车里说了一阵亲热话，然后才把我和一张红色的购物卡一起交到了老师手中。老师应该只有三十岁左右，脸上还有点青春的娇羞，推辞话说了几句也就收下了。

走进老师的家后，我差点惊掉了下巴，老师的丈夫竟然是在商场买下我的那位商人。他会认出我吗？我满怀期待。他从老师手中接过我，看也没看，什么也没说，就直接把我放进了柜子里。我心里顿时有点难受，谁叫你自作多情？从一个柜子走向另一个柜子，我这名门闺秀看样子有点红颜薄命。

没想到我的流浪之旅，到老师家这里还没有完，在后面半个多月的时间里，我又马不停蹄孤独漫游了十多户人家。也许是最近气温比较高的原因，也许是我心情渐渐不好的缘故，我发现我变了，彻底变了，变得连自己都不认识了，过去那个高傲的公主哪儿去了？现在这个渴望嫁鸡随鸡、嫁狗随狗的是我吗？我静静地待在柜子里，时而头晕目眩，时而浑身酸痛，我

已经很多天没有说话了，不是不想说，而是我已经没有再说话
的力量与勇气。

作者简介

　　龙玉纯，湖南省长沙市人，湖南省作家协会会员，先后在《人民日
报》等几十家报刊发表作品并获奖，有作品被《作家文摘》等报刊转载，
著有《青春无战事》《活色生香的时光》《英雄花下的哨兵》《眼泪想
说话》《我是一匹来自远方的狼》等。

# 澄泥砚

清明到了，百花盛开，春深似海。一场春雨过后，早晨起来走在小区的院子里，只觉得花明柳艳，晨光照眼。今天是假期，杨正清在楼下刚遛了一圈，就觉得身上的手机在振动。摸出手机，原来是他老爸……

杨正清的老爸杨恺之是个退休教师，在县一中教了三十多年书，一生唯以教书育人为事。老爷子虽然是个知识分子，却并不以此为荣。相反，他对仕途始终有向往之心，一生都以没有当官为憾，直到儿子杨正清当上了教育局局长，他这个心愿才得到了部分满足。

"老爸，有事吗？"

"你回家一趟。"

杨正清不敢怠慢，赶到父母家中。一进门，就发现老爸喜洋洋地端着一方砚台在把玩。

"爸，这是什么啊？"

"是你王叔叔的儿子送的，端砚，四大名砚之首，你来看这个造型，这个雕工，这手感摸上去真是如同婴儿肌肤……我特别喜欢。"

"爸，王叔叔儿子为啥送你这个？"

"我退休在家闷得慌，跟你王叔一起加入了县里的老年书画协会，这帮人里面就数我俩的书法写得好，老哥俩经常一起切磋……这方砚台，是他儿子去广东出差给他带回来的礼物，本是一对儿，你王叔分给我一只。儿啊，听说小王也在一中教书，表现还不错，想要求进步……"

杨正清似乎有点明白了，强笑着继续听着老爸的唠叨。趁老爸说话的间隙，他站起身说："爸，你的意思我明白了，这事还得从长计议，砚台你先放着，别用，我看看情况。现在单位要开会，我先得去参加……"

第二天，杨正清又来看老爸，他拿着一只盒子递给杨恺之："爸，你看这个。"老杨打开盒子："怎么又是砚台？"杨正清说："这是我孝敬你的。爸，说起来我也忒惭愧了，你这么喜欢书法的人，我竟然都没有关心过你的爱好。人家小王有心，能了解老爸的特长，送的礼物多贴心，我王叔当然开心。我也送你一只，这个是澄泥砚，咱们运城本地的特产，也是四大名砚之一，你有了自己儿子的孝敬，就别眼馋别人儿子的心意了，把那只砚台给我王叔退还了吧。"老杨摩挲着澄泥砚，喜得心花怒放，连连点头："好的好的。"

又过了几天，杨恺之把儿子叫了来。杨正清刚下车就见老爸在小区门口翘首以待。一看见儿子，老杨就说："你可来了。"

杨正清问："什么事这么着急啊？"

杨恺之搓着手往家走："儿子啊，我给你王叔退那方砚台，他执意不收，说是老哥俩的交情，还他就是看不起他。"

杨正清说行啊，那你就拿着呗。

杨恺之说："行是行。可是他托我照应小王的事情咋办呢？他爷儿俩可是托了我跟你说一声，想在一中当个副校长呢。"

杨正清说那不行，说着转身就准备走。老杨急了，一把抓住儿子的手，语重心长道："儿啊，有权不用，过期作废。你手里职位给哪个不是干啊？你给了亲朋好友，还能落个好，将来咱也有个人情在……"

杨正清被逼得无法，灵机一动，把老杨拉到绿化带后面，说："老爸，我给你交个底儿，这方砚台，你必须得退给我王叔。因为啥呢？因为我前几天送你的那方砚台也是别人送的，这次一中的领导班子竞聘，有人求到了我头上，送了这个。我看它比我王叔那只好，更贵重，就拿来给你。"

杨恺之说这算怎么回事呢？你不提拔你王叔儿子，照顾一个外人？

杨正清说："老爸你不懂这官场上的道道，人家那个人来找我，他是合乎条件的，我只要顺水推舟就把事情办了，谁也没有什么可说的，这个礼物不收白不收。王叔儿子不符合条件，咱要是帮他上位，要担好大风险，弄不好我就受了连累，为一方砚台不值得。你说对不？"

杨恺之瞪大了眼睛看着儿子，半晌才笑出来："好小子，没想到你还有这一手，看来你还真是块做官的材料！行，我回去就退给他。"

说者无心，听者有意，杨家父子万没想到，这话被别人听了个正着。原来老王惦记自己托了杨恺之的事能不能办成，这几天常来找他探听消息，今天他大老远就看着杨正清拖着老爸钻到角落里说话，他就悄悄过来偷听。隔着浓密的树丛，杨家父子没看见他。

老王心想好你个杨正清，小子做官挺溜啊，吃葡萄不吐葡萄皮嘛。

隔天，杨恺之去找老王，说："兄弟啊，孩子的事我跟正清说了，他说得严格按纪律办事，帮不上啊。这方砚台还给你，我实在不好意思。"老王接过砚台，皮笑肉不笑地说："是啊老哥，按纪律。嘿嘿，我不让孩子为难。"

又隔了几天，有几个人来找杨恺之，让他带上那方澄泥砚到纪检委谈话。杨恺之揣着砚台，战战兢兢来到纪检委，见到早已等候在那里的儿子，一时百感交集。不料杨正清却坦然自若，对办案人员侃侃而谈："各位领导，这件事情真的是个误会，我爸爸因为退休在家，受了老朋友的嘱托，一定要我在竞聘中徇私情，我没办法才哄老人家说这方砚台是别人送的。其实不是，这方砚是我用稿费买来孝敬父亲的，在网上买的，购买记录和电子发票都在，请大家查看。"他说着就打开手机，调出了支付宝账单给大家看。

纪检人员大惑不解，问道："杨局，你为啥要往自己脸上抹黑？怎么能告诉家人自己在受贿？这可不是闹着玩的。你看，这被人举报多麻烦。"

杨正清还没答话，杨恺之已是老泪纵横："同志，都是我的错。我一辈子没有当过官，总觉得当老师不阔气，没地位。自从儿子当了局长，我每天念叨他，嫌他没官威，不压人；我整天逼着他给亲戚熟人办事，好让我在朋友圈里有面子。我没想到给孩子带来这样的麻烦。"

杨正清轻轻为老爸拭去脸上的泪痕："老爸，为官一任，造福一方。我虽然没有太大的权力，但是做人做事要对得起自己，对得起这份工作。你也曾经是教育系统的一员，桃李天下，育人无数，难道你愿意让自己毕生奉献的校园变成蝇营狗苟之辈钻营的地方吗？这澄泥砚，是我送给你的心意。做澄泥砚，要取黄河之底的稀泥，千淘万漉，澄净河沙才能烧成这细如肌肤的砚。我希望你能明白，做人当如澄泥砚，澄净淡泊才能墨发满砚。"

杨恺之哽咽不已："儿子，是我对不起你。"

一中的领导班子竞聘如期举行，选出了真正精于业务、擅于管理的几名骨干教师。杨恺之退出了老年书画协会，返回一中义务为孩子们上书法培训课，他一直带着那方澄泥砚，这砚台坚实、润滑、细腻、娇嫩，研出的墨汁细滑，字迹乌黑，经久不变。

作者简介

张玉，女，1981年生，山西榆社人。中国作家协会会员、山西省文学院第四届签约作家、山西省委宣传部基层优秀文化人才、晋中市第六届市委联系高级专家、榆社县文联副主席。在省内外报刊发表诗歌、散文、小说百余万字。著有个人文集《北寨以北》《表里山河经行处》。曾获国家、省、市级各种文学奖项一百余项。作品入选多种选本。

# 老鼠进城

一个鼠家族正在考虑易地搬迁，可是考察了好几个地方都不理想，事情就一天天耽搁下来，它们也一天天瘦下来，一个个毛色灰暗，身体干瘪，三角脑袋显得更尖了，尤其是它们的当家鼠，原来润泽水滑的皮毛像一把秃了毛的刷子，肥硕臃肿的身体完全塌陷了。当它靠着土洞仰面沉思时，就像一张风干的鼠皮挂在墙上。

其实危机早在几个月前就来了。

一天夜里，万籁又一次俱寂之后，鼠们排着长队，哼着叽叽吱吱的歌，搭成鼠梯。第一个攀上泔水桶的鼠照常轻盈地一跳，扑通——

妈呀，今天的桶怎么这么深，闪得我差点折了腰。紧跟着它跳下来的鼠也纷纷哎哟哎哟地叫起来。

咦？怎么只有几块小馒头碎。

菜也不多。

泔水里也没漂油。

鼠们不甘心，疑惑地扒拉来扒拉去，能吃的东西还是少得可怜。两只大鼠竟因为争一块馒头撕咬起来。两只小鼠叼着同一片菜叶，谁也不肯松口，一只幼鼠被一只大鼠压在身子底下，吱吱乱叫。

多年来一直和和美美的鼠家族第一次为一口吃食打得不可开交。一阵混乱之后，桶里的食物被抢了个精光。

窝里那些老弱幼小的鼠只好饿着肚子，等待夜晚的重新来临。

白天，鼠们钻在洞里纷纷猜测发生了什么。

做饭的大师傅生病了？

单位不管饭了？

集体外出了？

别吵别吵，你们听，开饭了。

鼠洞里瞬间安静下来，一只只鼠支棱起小耳朵，仔细听着。

一阵纷乱的脚步过后，又是一阵嗡嗡嘤嘤的说话声。之后，又是一阵脚步声，却越走越远，没有听到如期而响的扑通声和哗啦声。

鼠们面面相觑，面面疑惑。

当夜幕再次降临，灯光再次熄灭时，当家鼠第一个蹿出洞，不等鼠梯，迅速蹿到桶沿上，扑通一跳，心中同时咯噔一沉：今天的东西更少了。

它来不及细想，呵斥正要上来的鼠们：今天不准乱抢，更不准私下吞吃，只能用尾巴和爪子，把桶里的食物全部运回洞里，等我分配，谁要是敢偷吃一口，我就把它赶到大街上去。

那天晚上，所有的鼠都吃到了食物，可是所有的鼠都觉得肚子好饿。

一连好多天，不管它们的耳朵支棱得多翘，泔水桶边都安安静静，只在很久后响起几声哗啦哗啦的倒水声，一听就知道清汤寡水。

这里的人到底在搞什么鬼，难不成他们忽然吃得多了，每次都把盘子吃得光光的？还是说吃多少舀多少？要真是这样，我们以后的日子可怎么过呀。

很多年来，鼠们从来都不知道，这只大桶，其实只是一个泔水桶。它们更不知道，这家单位食堂的墙上，贴了几个醒目的大字：光盘行动。

饭是吃不饱了，但牙照样噌噌地长。去磨牙吧，当家鼠振作精神命令道。

鼠们拖着懒洋洋的腰，一步一步挨到平时磨牙的垃圾堆前，它们再次惊讶地睁大了小小的鼠眼。

那白晃晃的小山一样的垃圾不见了，地上只有一小堆枯枝败叶，它们用嘴仔细地拱了拱，只拱出一些烟蒂和食品袋。

当家鼠环顾四周，桶都空了，这里没废纸也不意外，找树根或者水泥台阶磨磨吧。

一只小鼠忧心忡忡地问：当家鼠，你见多识广，你看这样的情况能持续多久，难道人们真的从此不倒饭菜不扔废纸了吗？

当家鼠叹息一声，也许吧，人的世界很复杂，我们鼠永远都弄不明白。不过，有一点我是了解的，他们许多时候对许多事都是说说而已，要么就象征性地做做样子，等这阵风刮过去了，该咋样还咋样。

小鼠正要松一口气，当家鼠又说，但这次似乎有所不同，再等等看吧。

人来了。不知哪只鼠吱了一声，鼠们迅速散开，躲进黑暗中。

月光下，一阵雪花般的碎纸飘落在垃圾堆上。

"你才来不了解情况，这次我替你瞒着，下次可不能这样了。记住，稿子没改好不要急着打印，打印时必须是正反两面。"

"主任，我知道了，下次一定注意。"

"不要觉得制度只是挂在墙上给你看的。"

脚步声早已消失，鼠们还趴在黑暗中一动不动，它们心里的黑暗更深。

它们做梦都没有想到，美好的生活说完就完，而且完得如此彻底。


多年前，这群鼠的祖先，因为村里人都走光了，到处都没吃的，当家鼠急得团团转。一只老年鼠给它出主意说，去城里吧，城里人有钱，不爱吃的饭菜随手就倒了，就是钻垃圾箱也能填饱肚子。有运气的话，还能过上好日子呢。

这话咋说，当家鼠急切地问道。老年鼠就把自己听来的传闻告诉它，哪里食物多，哪里没人管，等等等等。去试试吧，总比困在这里不死不活的强。

当家鼠果断地带着一家老小，夜行晓宿来到这座城市。

按照老年鼠的指点，它专找大门口挂着牌子，牌子上最后一个字是"局"的地方。老年鼠说过，门牌上有"局"字的，都是公家单位，里面有食堂，吃得好，倒得多。

一夜辗转，它们还真找到了一个好地方，那是一家机关单位的僻静角落，食堂后门边放着一只大桶，桶里漂着许多大大小小的馒头块儿，有的还是整个的，桶底厚厚一层饭菜，油汪汪的。

鼠们兴奋地欢呼起来。这是什么地方啊，大白馒头都扔了。

白天，鼠们躲在洞里休息玩耍，一到饭点，它们纷纷竖起耳朵，努力地闻，仔细地听，一阵喧闹声过后，很快就有脚步声从后门出来，走到大桶跟前，扑通、扑通、扑通，这是扔馒头，哗啦、哗啦、哗啦，这是倒饭菜。这声音多么动听啊，一些小鼠高兴地追着自己的尾巴转圈圈。

终于熬到夜晚，人去了，灯灭了，周围完全安静了。当家鼠带着鼠们出了洞。它们搭起鼠梯，一个接一个跳到大桶里，大大小小的馒头块儿真多，捡着吃，挑着吃，由着性子吃，想怎么吃就怎么吃，菜更多，茄子豆角西兰花，黄瓜洋葱胡萝卜，猪肉牛肉和鱼肉，有时还有几截红薯、几段玉米。

唯一美中不足的是，几天不磨，鼠牙噌噌地长，嘴都快合不上了。

当家鼠说，大家先随便找个东西磨一磨吧！明晚我到周边转转看。

很快，当家鼠就带回来一个好消息，不远处有一个垃圾堆，里面没什么吃食，但是废纸特别多，而且不厚不薄，软硬适中，磨牙最合适不过。

吃过晚饭，当家鼠带着一家鼠，热热闹闹地朝那堆垃圾走去。

清风徐来，月光融融，它们悠闲地溜达到垃圾堆跟前，一座小山一样的垃圾在月光下闪着白光。那是一堆白花花的废纸。

鼠们爬到上面，钻到下面，围在边上，每只鼠都占了一个好位置，摆了一个最舒服的姿势，嘴里叼着一张白纸，咯吱咯吱，一边磨牙一边撕，一堆白纸很快变成碎纸屑。

一只聪明鼠提议说，这些纸多好呀，我们干吗只用来磨牙呀，我们把这些纸撕得更碎一点，运回窝里，用它铺床，又干净又舒服，还保暖。

对，这个提议好。

可不是，那我们不光吃得好，还住得舒服。

生活不要太美好哦。一只调皮鼠吱吱地叫道。

从此，这个鼠家族在这里一住就是十几年，分支越来越多，新窝掏了一个又一个。

可如今……当家鼠长叹一声，回到了现实中。

眼看已经过去好几个月了，恐怕再也指望不上这里的人倒饭倒菜扔废纸了。

唉，你们人啊，尤其是这些单位人，太让我们鼠失望了。

**作者简介**

李喜春，女，70后，山西省芮城县人，教师，山西省作家协会会员。作品散见于《山西文学》《河东文学》《古魏文学》及网络平台。

# 眼睛树

一双曾握过枪、锄头、扳手和榔头，青筋突露饱经磨难的手颤巍巍地在砍着树，老厂长艾红军边扬起锈迹斑斑的斧头边念叨："一天砍一棵……"

"一年种几棵。"艾红军当年曾这么说。他1960年代从大西北复员回家乡当了这个新建厂的厂长。从马路到厂门口有一块荒地，艾厂长就将这块荒地一半辟为菜地，一半搞绿化，种下从大西北弄来当地人未见过的树苗。这种树的样子特别，树干白净净像白桦树，个子一蹿就是七八米高像钻天杨，手掌一样的叶子又像梧桐树。人们问艾厂长这是什么树，艾厂长洪钟一般的嗓门说："树就是树，跟我一样，大西北来的，管它是什么树，我喜欢。"

这种大西北的树寄托着艾厂长对大西北军垦生活的怀念。于是人们把它们叫"西北树"。

二十多年后，这个工厂由几十人发展到上千人，厂门口的西北树也成了一片小林子。当朝霞满天的时候，鸟儿们在林子里奏响工厂的晨曲。当晚风吹过，林子里是一片喝彩"哗哗"的掌声。每当这个时候，艾厂长陶醉极了，他的使命感得到极大的满足，因为他确实是红军的后代。然而随着艾厂长头发花白并逐渐减少，工厂的产品都卖不出去了，越压越多。

艾厂长知道这是市场经济的作用，却不知道该怎么办，就识时务地要求从位子上退了下来。上级按艾厂长的意见选择了他的大弟子当了厂长。

老艾赋闲在家。虽然不上班，但每天都要到厂门口的林子里去转转。他去时，感到西北树那无数片叶子摇晃着向他招手，欢迎他；他走时，那无数片叶子又好像在挥手欢送他，他也陶陶然。

不久，工厂的销售部来订货的人熙熙攘攘，积压的产品一销而空；老艾一度紧锁的眉头舒展了，他为大弟子感到骄傲。

晨来暮往，老艾一日突然发现西北树那白净净的树干上开始起皮，有了皱纹，他很是诧异。其中他最早种的一棵树的树干中央长出一个很大的疤，好像是被割开了一个口子。他想不出来这是怎么回事。

晨雾暮云，艾厂长日复一日看他的林子，尤其仔细观察那疤痕的变化……

不久，有关大弟子腐败的言语就像林子里飘动的风一样吹来吹去，最后，艾红军也听到了，但他不相信这是真的，因为大弟子跟了他二十多年，他信得过……

他还是决定找大弟子谈一谈，他认为这不是干预他的工作……但大弟子已经被纪检部门"请"去了。

在那晚风依然吹拂的林子里，老艾忽然发现那树上的疤痕像一只眼睛，仔细揣摩，有眼珠，有睫毛，有眉毛，甚至有眼神，惟妙惟肖。树脂从疤痕里淌出来，好像挂了一颗泪水。老艾抚着树干不禁动情了："哇！你都看到了，你流泪了，你怎么不告诉我啊？"说着老艾的脸靠着树干不由得号啕起来。

那些像老艾一样天天到林子里鼓噪的鸟儿静默了，那树随着老艾的哭声在颤抖，树上的叶子在哗哗地响着，好似也在哭泣。一阵风儿吹过，林子里纷纷扬扬洒下一片枯黄叶。老艾呜咽着："这不是秋天哪！"

林子里，风岚雨雾依旧，鸟鸣萤火依旧，老艾的白发佝偻依旧。老艾泪眼涟涟地望着这棵"眼睛树"，伤心不已。

他把这个秘密藏在心间，但"眼睛树"的说法却不胫而走。

马路要拓宽，需要砍掉这片树林。有不相识人的来了，要买树，要砍树。老艾坚决不答应，日夜守护着它……

"我是场长，砍树的事交给我。"一日，老艾闯进新任董事长的办公室说。

新任董事长姓万，也是家乡人，但自幼和父兄去了南方，他惊愕地看着老艾："你是厂长？"他的问话带着浓重的粤语音调。

"不，我是林场的场长。那是我的林场，树是我种的。"

"哦，哦！好说，好说。我们公司只是控股，股份制改造后，人人都有股权。现在生产扩大了，马路拓宽后，企业也有了形象。以后我会再征地搞绿化。请你原谅……"

清晨，人们都赶来看老艾砍树。流云霓霞中，人们惊异地发现，"眼睛树"的"眼睛"没有了，只是一道疤痕，仿佛是合上了眼睛。

老艾扬起斧头闭上了眼睛，脸上也分不清是泪水还是汗水。

**作者简介**

吴荫祥，本名吴荫祥，广东深圳市人。曾出版长篇小说、短篇小说集、诗集等，发表文学作品约一百万字。现任深圳市南山区作家协会主席、大中华企业家诗人联合会主席、前海诗社（深圳）社长，出版期刊《前海潮诗报》。

# 清水一杯

　　一向喜爱喝茶的赵局长居然不喝茶，改喝白开水了。

　　最先发现这一变化的，是局办公室主任老马。

　　那天，老马送文件到赵局长办公室，突然发现赵局长那只紫砂茶杯又换回了原来的玻璃茶杯，杯里装着大半杯开水。老马纳闷着，提起水壶准备往杯里续水，却被赵局长制止了。赵局长说："你去忙别的吧，等会我自己来。"

　　老马迟疑了一会儿，轻轻放下水壶。临走时，他还是忍不住，问赵局长怎么不喝茶了。赵局长抬头看了一眼老马，说："喝来喝去，我看还是喝白开水好啊。"说罢，继续埋头看文件。

　　赵局长的回答，显然没有解开老马心里的疑团。回到自己办公室后，他仍在琢磨着这个问题。莫非赵局长身体有病，吃了药，不能喝茶？但，他立刻否定了自己的想法。赵局长的气色看上去好得很，根本不像生了病的样子。

　　是不是赵局长办公室没有茶叶了？不对啊，半个多月前他还送去了两袋半斤装的本地刚上市的绿茶，不可能这么快就喝完了。想到这件事，老马就觉得有点委屈。开始，老马拿来的是两盒西湖龙井，赵局长当即要他拿走退货，还批评他不该买这么好的茶叶。他解释说，是局里原来库存的，不是新买的；又说局长办公室来客最多，且大多是有身份的客人，茶叶上档次点也是应该的。赵局长一听这话就发火了："老马，不要再啰唆了！从现在开始，局机关招待用茶，一律购买普通茶叶，包括我和其他局领导，也都统统一个样！"

给赵局长续茶水，是老马多年的习惯了。平常，他只要一进赵局长办公室，第一件事就是看看局长的茶杯里还有多少茶水，接下来，便是给茶杯续水。赵局长已经当了六年局长，一直没有挪动一下位子。三年前，老马由办公室副主任转正，提拔为主任。

老马最清楚，赵局长喜欢喝茶，绿茶、红茶、黑茶，样样都喝。且不光爱喝，会喝，还说得出许多喝茶的门道。这些年来，局里用于招待客人的茶叶，大多是老马经手购买的。赵局长办公室的招待用茶，不用说，自然也是他买好后亲自送去的。

那到底是什么原因呢？经常听到戒烟戒酒的，却极少听到戒茶的。而戒茶，恐怕也不是那么容易的吧。老马左想右想，仍是百思不得其解。他想再去问问赵局长，究竟是不是没有茶叶了。但，最终还是没有去。

这个问题还没有弄明白，另外一个问题更让他迷糊、纠结了——赵局长怎么又将紫砂茶杯换回玻璃茶杯了呢？是赵局长对自己有看法了吗？

那个紫砂茶杯，是老马前不久出差到江南那个著名的陶都时，特意给赵局长买的。赵局长坚决不肯收。一天，老马趁着赵局长外出开会，将赵局长的玻璃杯拿走，换上了自己买的紫砂茶杯，清洗干净后，在赵局长快回来前，烧好了水，泡好了茶。

赵局长回办公室后，发现自己的玻璃茶杯不见了，取而代之的是老马买的紫砂茶杯，便知道是老马干的"好事"。于是，一个电话将老马叫过来。老马本来想好了，给局长撒个谎，就说自己不小心将玻璃杯摔烂了，才换上这个紫砂茶杯的。但，当他看见赵局长铁青的脸和紧皱的眉时，再高明的谎，也不敢撒了……

第二天，赵局长按老马买紫砂茶杯开的票据上的价钱，如数跟老马结了账，并严厉告诫他：下不为例！

老马至今记得，那天走出赵局长办公室时，只感觉到脊背凉飕飕。他知道，自己出了一身冷汗了……

一向对自己和对下属要求都很严格的赵局长，现在好像更不近人情了。老马晓得，这种感觉，不仅自己有，大多数同事也有，机关里的议论，他当然也听到了。

不过，老马的两个疑问很快就被解开了。

几天后，局机关召开大会，赵局长给全局干部职工上了一堂课，题目是《清白做人，干净做事》。讲桌上，摆着赵局长那个玻璃茶杯，满满的一杯白开水，透明极了……

作者简介

卢兆盛，湖南省永州市人，湖南省作家协会会员，习作散见于国内公开发行的一些报刊。

# 百元大钞

　　小王医生这天可是发了一笔"横财"，一早上在白大衣的口袋里发现了一张"百元大钞"，这是哪里来的呢，他真是想不起来，反正正好这几天喂肚子是个问题，还有喜欢的那款88元的手机壳也一直没有舍得下手、手机套餐也应该缴费了……反正这"百元大钞"不能解决什么大的问题，但是月光族小需求还是可以满足的。想到这里，小王有点窃喜小兴奋，觉得"百元大钞"真是"小可爱"、顺眼又帅气。

　　"滴滴、滴滴……"手机有短信提示。小王打开短信：医院开展以"打击收受红包加强行风建设"为主题的活动，今天下午交一份以省肿瘤医院李治国医生收受索要患者财物的违规行为为例，结合自身实际工作情况，畅谈如何加强自身或科室行业作风建设的体会。看到短信，小王自言自语，这收受红包和我有什么关系，谁也不会莫名其妙送我一个小医生红包呀。但是自言自语中，摸着"百元大钞"的手可是有点不自然了，看着这"百元大钞"

也没有那么顺眼了，甚至有点刺眼和烫手了，但是这"百元大钞"从哪里来的呢？他真是想不起来。反正觉得这"百元大钞"放在白大衣的口袋里有点别扭，放左面口袋觉得和手机在一块不舒服，放在右面口袋觉得和钥匙在一块别扭，干脆放在上面小口袋里，觉得它更是要自己跳出来了，太显眼了，这是要放哪里呢？"小王医生开始查房啦"，听到护士长叫查房，他慌慌张张不知所措，好像真干了什么亏心事似的胡乱塞了一下，去查房了。

一上午查房、下医嘱、手术、写病历真是忙得一个热火朝天、人仰马翻，也就忘了"百元大钞"的事了。"王医生、门诊病人需要换药了"，护士长一声提醒，拉开了小王医生的回忆……上周有个门诊病人，需要在门诊做个小手术，病人一再表示不想到收费处缴费，执意要给小王医生私下送红包，但是小王医生坚决拒绝，并且按照收费标准给开了收费单，并且收到了收据。病人觉得手术做得好，态度热情，一再表示感谢，对他是拉手拍背称兄道弟。难道是病人趁他不注意给的小费？想到这里，小王医生立马觉得浑身发热、面红耳赤，一股热流顿时涌上心头。他胡乱浑身摸了一遍，右手碰到"百元大钞"像被烫了一下条件反射地弹开了，又下意识地捂住了。几天前刚开展"打击收受红包加强行风建设"为主题的活动，要求拒收红包，收受红包要严肃处理。这不是明摆着撞枪口上了吗？这事情已经过去几天，那天值班下夜班休息几天，也没有发现这"闹人"的"百元大钞"，现在可是真的有理说不清了。这推不掉的"百元大钞"，也没有在四十八小时向纪委部门说清楚，也没有及时退还，唉，真是愁人哪！"百元大钞"咋这么丑陋、难看、惹人嫌呢？

"小王，下班去涮火锅，咱们一起！""不去，没兴趣！""咋？放心，咱们 AA 制。我知道月光族的难处，这不刚发这个月的传染补助吗？一人一张百元大钞，够我们撮一顿了。今天我替你领了，你来得迟，我放到你的白大衣的口袋里了，忙得忘了告诉你了。""啊？哦！""好，走走。"小王医生很自然地把手放到了口袋了，紧紧攥住了这"百元大钞"，又很轻松地拿出手，摸摸干干净净的白大衣，感觉那叫个"倍儿清爽"。

作者简介

任桂珍，女，山西介休人，山西焦煤汾西矿业职工总医院水峪分院党支部书记，副主任医师。

# 一清二白

　　她出生于物资匮乏的年代。小时候，每当她闹着不想吃饭的时候，母亲就会叹口气，然后进入厨房，叮叮当当一阵响，端上一个小菜来。

　　那小菜粗细均匀，青的红的白的，搭配在一起，吃起来，酸辣清脆，满口生津。就着它，她能多吃半碗饭。

　　转眼她已长大，成了一个亭亭玉立的大姑娘，上了大学。这期间，她没少吃母亲的开胃小菜。有一天，她向母亲请教小菜的做法。

　　很简单，母亲说：咸菜切成细丝，青椒大葱切丝，香菜切段，放点醋和香油一调，就好了。

　　她试着做了一下，果真好吃！跟母亲做的没什么两样。她高兴地搂着母亲脖子，"叭"就是一口。

　　"这叫个啥菜呢？"她问。

　　"谁知道啥菜，光知道我小时候不想吃饭的时候，你姥姥也这样捣鼓给我。说是开胃下饭，就叫开胃小菜吧。"母亲点了一下她的额头。

大学毕业后，她进了厂里，成了一名技术员。常常下了夜班，食堂早已关门。她便在宿舍里，下一碗面条，再照母亲教的，调一个开胃小菜，稀里呼噜吃下去。

没想到，这个小菜竟还撮合了她和大伟的金玉良缘。

那时候，她和大伟正谈恋爱。大伟是她大学同学，业务棒，口才好，长相也不错，很多女孩子都喜欢他。

有一天，两人在宿舍里，不知不觉谈到深夜。二人的肚子，不约而同地发出咕噜声。这么晚了，食堂饭店肯定早关门了。"要不尝尝我的手艺？"她小声地询问大伟。

大伟的眼睛一亮，略带羞涩地点了点头，搓了搓手。

咸菜是现成的，是她从家里带来的酱芥菜，墙角她翻出了青椒、大葱和香菜。她洗了手，先把咸菜仔细地切成细丝；然后，洗了一青一红两个辣椒，均匀地切成丝；又剥了棵大葱，先切成段，再切成丝；又把香菜切成小段。几种菜混合在一起后，滴上一点醋、几滴香油，屋子里便飘起了诱人的清香味。

当二人就着那盘看似简单的小菜，把一小盆面条吃得精光的时候，大伟满意地拍了拍肚皮，冷不防俯下身，狠狠地吻了她一下。

霎时，她的面颊红得像块红布。

婚后，二人的生活幸福美满。大伟精明强干，工作出色，很快升了处长。她对大伟更是体贴入微。

每次大伟应酬回来，她都会为大伟调上一盘开胃小菜，下一碗面条，然后静静地坐在那里，看大伟美美地吃着。

十一期间，她和大伟去东北旅游。在农家乐的饭桌上，竟有一盘开胃小菜，跟母亲当年做的一模一样。

"老板，这叫啥菜呀？"

"这个呀，老虎菜呀！吃了这么些年，她第一次听说这叫老虎菜。"

为什么叫老虎菜呢？不知怎的，她的心里忽然咯噔了一下。

老板是个健谈的人，见有人问，便滔滔不绝讲起来。

"话说张作霖统治东北期间，有一段时间，烦事缠身，不思饮食。手下有个厨师，顺手拿起刀，把老咸菜、大葱、辣椒切成丝，香菜切成段，放入糖、醋、香油，凉拌一番，就端上了餐桌。张作霖一尝，胃口大开，连声夸赞！便向厨师问起这道菜的名字。厨师略一思忖，既然这菜是为'东北虎'张大帅做的，便顺水推舟说，这菜，就叫老虎菜。于是，老虎菜就这样叫开了。"

"不过各地也有改良的做法，"老板继续说，"有的人不能吃咸，可以用白菜心代替老咸菜，但青椒、香菜和大葱，是缺少不了的……"

老板还在喋喋不休，可她已经听不进去了。

"外面的菜不好吃！还是老婆做的菜好吃！快，调个小菜，下碗面条，饿死了！"大伟一进门就嚷嚷。

这一回她没切咸菜，而是剥了一棵大白菜，把白菜心精心地挑出来，仔细地清洗干净。洁白的菜心清洗过后，更加晶莹剔透。她小心地切成丝，然后加入葱丝、香菜和青椒，均匀地调拌起来。

小菜端上来，大伟迫不及待地伸出了筷子。"慢！"她伸手拦住了大伟。

"知道这菜叫啥名字吗？"

"不是说叫老虎菜吗？刚刚知道的。"

"不，不叫老虎菜，这叫一清二白。大伟，你仔细看看，我用白菜心代替了老咸菜。我希望你为官做事，每天都要像这道菜一样，清清白白。永远不要与那些老虎、苍蝇为伍。"

大伟重重地点头。

从那以后，他们的饭桌上，每天都有一盘"一清二白"。

作者简介

　　李学国，山东枣庄人，内科主任医师，中国微型小说学会会员，枣庄市作家协会会员。作品散见于《金山》《微型小说月报》《小小说大世界》等。有作品入选教育部统编版小学教材。曾获全国闪小说大赛二等奖。

# 中毒的蘑菇

海江到镇上上任没几天，他谈了三年的女朋友终于答应带他回家见父母了。

一路风尘仆仆赶到女朋友家里，已是傍晚。没有海江想象的热闹非凡欢迎他的仪式，也没有丰盛的菜肴犒劳他。女朋友家里空无一人。女朋友打了个电话，神秘地对海江说：去蘑菇房。

蘑菇房里，女朋友父亲母亲正忙着把长出来的蘑菇铲下来扔进垃圾车里。

"可惜了！可惜了！"女朋友父亲一边扔蘑菇一边惋惜。

"伯父，干吗扔掉这些蘑菇呢？"海江困惑地问。

"你仔细看看这些蘑菇。"女朋友父亲抬头看看他，走到角落，拿了一把小铲子塞到海江手里。

海江捡起垃圾车里的蘑菇仔细观察，他发现这些蘑菇和平常的蘑菇有些不同。平常的蘑菇伞面光滑平展，像一面打开遮风挡雨的雨伞。而这些丢弃的蘑菇伞面扭曲异形，像一朵盛开的喇叭花。

"伯父，这些蘑菇怎么这样？"

"嗯，这次接菌丝的时候，温度不小心升高了，所以蘑菇就长成喇叭花了。"

海江在蘑菇房里转了一圈，他发现所有长出来的蘑菇都扭曲变形成喇叭花。

伯父，这些喇叭花都要丢掉吗？海江跟在女朋友父亲后面，笨拙地学着铲喇叭花。

"不扔掉不行啊，这些变形的蘑菇没人要啊，也会破坏我做生意的声誉。"女朋友父亲没有一丝犹豫。

海江推起垃圾车在蘑菇房里走动，一朵朵的喇叭花丢进了垃圾车，一车车的喇叭花倾倒在垃圾堆上。海江看着这些喇叭花，有些心疼呢。

劳动了几个小时，海江一觉睡到大天亮。起床后，没有看到女朋友一家。他匆匆吃了留在桌上的早饭，赶到了蘑菇房。

女朋友父亲蹲在地上，拿着一把小勺，在接触地面最底层的蘑菇棒里，铲下连同刚长出的蘑菇芽和接好的菌丝在内厚厚的一层。

"伯父，今天怎么跟昨天不一样，连蘑菇芽和菌丝都一块铲掉呢？"

"没办法，今天长出的蘑菇还是喇叭花。必须下狠心铲掉所有受感染的蘑菇芽和菌丝，才有希望长出正常的蘑菇。"

海江查看了所有新长出的蘑菇，所有蘑菇真的还是喇叭花。

女朋友父亲还没铲完一层，地面上已经堆积了一层铲下的菌丝和蘑菇芽，又湿又滑。海江看看整个蘑菇房，这可不是一件简单的事情，几万袋的蘑菇棒，这要铲到什么时候，这要损失多少钱啊。

"伯父，非要把每一袋蘑菇棒的菌丝都铲干净才行吗？没有别的办法吗？"

"孩子，我也不想这样啊。可是没有别的办法，连着铲除两天的喇叭花，但是解决不了根本问题。这些蘑菇受到高温，中了病毒。就像人得了癌症一样，不切除病灶，就会从一个地方扩散到另外的地方，最后成了不治之症。"女朋友父亲铲蘑菇棒的手法干净利落。他耐心地教海江铲菌丝的手法和厚度。他反复强调，厚度必须达到两厘米。

"那还不如一开始的时候把所有中了病毒的菌丝全部铲掉呢，这样还损失少点。"

"是啊，如果当初控制好温度，不让蘑菇中病毒，或者中病毒初期就能下狠心把菌丝切掉，也不会让病毒扩散到蘑菇袋中心，损失这么多。可是，一开始不都是存着侥幸心理，想着不会那么严重，想着不会扩散的，以至于后果越来越严重。"

女朋友父亲的话说得很轻，像蜻蜓点水一样，但在海江的心湖里却荡起一圈涟漪。

回到镇上，海江在他的办公室墙上悬挂起两个标本，一个是正常蘑菇的标本，一个是变异扭曲蘑菇的标本。

一周后，海江再次来到女友家。吃过晚饭，女友父亲牵着女友的手，轻轻地放在海江手中。

作者简介

靳雪明，女，70后，山西省高平人，中国微型小说学会会员。作品散见于《安徽文学》《青年文摘》《微型小说选刊》《小小说选刊》《小说月刊》《天池小小说》《微型小说月报》《金山》等相关报刊。有小小说入选《2020中国微型小说精选》。小小说《拥抱》入选广东省九年级期末语文阅读试题。

# 大锅全羊

大锅全羊，是我们沂蒙山区的地方名吃。

每有客来，上一盆子大锅全羊，就是很高的礼遇了。

羊是山上放养的沂蒙黑山羊，吃青草喝泉水长大，是真正的好东西，这也是城里人非常推崇的有营养的绿色食品。

大锅全羊，锅要大，一般是黑铁锅。炉子则可以简单，用几块大石头一支，三面石，留出冒烟的口子和柴火口即可。也有用汽油桶改成炉子样的，桶边作炉沿，割大口放柴火，旁开小口作烟道，也方便移动。煮羊用木柴，讲究的用苹果、桃、杏等果木柴，可以将香气浸入羊肉，避免异味。

羊头、羊肉、羊骨、羊蹄、羊心、羊肠、羊肝、羊血全部放入锅中，加泉水一起炖，水要一次放足，这就是大锅全羊的含意。旺火开锅后，撇去浮沫，不用放油，盐要少量。

煮羊肉的料有花椒、葱、姜等，有时候在街上支锅，就跑到家前屋后的菜地里，拔些新鲜的葱、姜，摘些鲜花椒，打招呼也好，不打招呼也罢，没人计较这点料子。当然也有些老辈人放点叫山花根的东西，放上这东西，肉煮出来红艳，鲜亮。

羊肉煮至八分熟，将大块的捞出来，切成小块，再放入锅中，用文火煨炖，骨熟肉烂为止。羊汤白似奶，水乳交融；羊肉不膻不腻，烂而不糟，香气四溢。出锅后，备好芫荽末、辣椒、蒜瓣和醋，食者各取所需，相当受用。

在我们沂蒙山区，流传着一个笑话。村里书记接到上级领导要来指导工作的电话就大声问，你们来了几个人？对方答，九个！村书记接着说，好！杀一个！领导一听，吓坏了，就质问村书记为什么要杀人？村书记大笑着解释道，他说的是杀一个羊。在乡下，羊是不论只的，而是论个数的。所以，才会有这样的误解。

杀羊是招待客人最实在，也是最招客人喜爱的事。大锅全羊也理所当然地成了地理标志性名菜。

因此，在艾山乡，每每有大的活动，都杀羊，做大锅全羊。乡党委书记袁华个子不高，是个很精明的人。那一次搞苹果采摘节，请帖下了很多，但实打实能来的客人却一直没有数。也就是说，到底杀几只羊才够吃，一直不好确定。

那天，估算着人数就杀了三只，结果来的人是原先一倍多。三只羊是绝对不够吃，再杀羊已来不及，再做别的菜，客人大都是冲着大锅全羊来的，一时竟毫无头绪。袁书记心眼子确实多，他嘱咐食堂里的人煮羊的时候多加水，又让人多备下了些豆腐和饼子。

羊煮好后，先上羊汤和饼子，袁书记面对着发愣的客人振振有词地说：这是我们这里的风俗和特色，吃羊肉先喝羊汤泡饼，这是吃全羊的前奏。客人第一次见这样的吃法，又因晚了饭点，都饿得肚子咕咕叫，袁书记话音刚落，大家急不可待地吃了起来。

袁书记笑眯眯地看着大家喝完羊汤泡饼，这才按程序上，先是羊血、羊肠、羊肝等下货，再上骨头肉，然后才是重头戏——大盆羊肉，最后再来一盆羊汤炖豆腐，味道也不差，竟然将接待圆满地应付了下来。这事一时在"朝野"传为佳话，都夸袁书记肚子里有东西。

一过年，袁华就到县里做了副县长。原来跟他搭档的刘乡长就成了书记。

而刘书记就没有那么幸运了，升职的当天，几个很要好的负责人要为刘书记祝贺，跑到供销社，杀了两只羊。供销社那个地方很隐蔽，一般人到不了那个地方，各人就喝了个酩酊大醉。

酒足饭饱，已是傍晚，刘书记非要开车回家，谁也拦不住，结果在回城的路上，将车开进了几个在路边休息的护路工中，当场死了俩，还有两个重伤，在医院抢救时又死了一个。这事一时成了县里的爆炸性新闻。刘书记被"双开"判刑，还将殷实家底赔了个底朝天。那天一个桌上喝酒的人也都连带着赔了二十万。

袁华县长以事故应急组长的身份负责处理这件事。当他来到供销社看到支在院子里的羊肉锅时，气不打一处来，拿起旁边的馒头，将羊肉锅和炉子砸了个稀碎……

作者简介

毕玉娟，山东省淄博市沂源县人。

# 茶

小刘今天有点心不在焉。

他的上司刚刚调派他去完成一个任务，以往肯定积极完成的小刘这回倒有点不知如何下手。

和同事们一起下了列车，心里装着事的小刘正低头往他的新岗位上走着，突然和一个迎面走来的人撞了个满怀。他连忙一边道着歉，一边低头察看对方的情况。一抬头，他愣了一下：这不是大学室友小许吗？一身得体的西装、精致的袖扣和发型，小许整个人都焕发出一种精英的风范。小许稳稳地扶住小刘，待他站稳后在他右肩膀处轻轻捶了一下："几天不见，这么生分啦！"小刘笑了笑，也回了小许一拳。简单寒暄了几句后，他们约定晚上一起吃个饭。

到了晚上，小刘提前几分钟到了餐厅。打开包厢的门，小许已经在那里等着了，凉菜也已经摆上了。看到小刘进来，小许一边招呼着他，一边示意服务员可以上菜了。小刘有点不好意思地坐下，两人攀谈起来。

原来小许毕业以后考上了公务员，摸爬滚打了几年后，现在也算是一个小小的科长了。这时小刘心里突然咯噔一下。小许说了几句后，话锋一转问小刘："刘啊，你现在什么工作呢？"小刘一愣，然后摸摸鼻子："也没啥的，就是在私企给人打工，一个小小的营销部组长罢了。"说完，又有点心虚地搓了搓手。

小许只当他是好面子，当即拍了拍小刘的肩膀："挺好一工作，以后有啥事，你可得好好帮帮我啊！"说完，两人对视一眼，大笑起来。

酒酣饭饱之际，小许突然递给了小刘一杯茶。小刘以为是解酒用的，没多想，一口喝了下去。

回到公司，小刘打开了那个让他为难的工作资料，看了看第一张有着照片的人物资料"张国强"，又往下翻了翻那张还没有照片的人物档案"许恒瑞"，出了神。他心里还是抱着少许侥幸的，万一，这个人不是小许呢？

没两天，小许又约小刘出来吃饭了，他还特意叮嘱小刘把同事、上司等叫上，说要一起吃个热闹饭，小刘虽然觉得事情发展有那么一点不对劲，但还是答应了。

饭桌上，小许充分发挥出了他的"外交才华"，无论是他宴请的朋友还是小刘的朋友都觉得他十分对胃口。幽默风趣，张弛有度，审时度势，每一个点位，每一场气氛小许都拿捏得十分到位，让大家真的觉得宾至如归，十分舒适惬意。宴会快散之际，小许给每个人都分发了自己准备的小礼物，小刘当然也有。宴会后，小刘特意等着小许出来，叮嘱了他几句廉洁自律的话。小许听后不以为然地笑着摆手："知道了，知道了，放心！"小刘只能无奈地看看他。回到公司，小刘打开自己的礼物，发现是一罐名茶，而同事们的则都是当地的一些土特产山药。

小刘打开电脑，电脑里有一份上司新发过来的邮件。他一点开，看到文件名为"人物档案（2）"，深深吸了一口气。他点开文件，一眼就看到了"许恒瑞"三个字，旁边则是他最不想看到的小许的照片。他闭了闭眼睛，深深又叹了一口气。

又没过两天，小许找到小刘，希望他能帮自己牵个线拿下一个建设项目。项目没什么问题，是个香饽饽，建设好了能给百姓谋不少好处。小刘想想答应了。

没两天，小刘就帮小许组了一个饭局，将他上回请过的没请过的上司、同事，能在项目上有点话语权的人都请了。看着在饭桌上的小许尽心尽力地描述自己的项目规划，阐述自己的竞标优势，讲述项目成功后给百姓们的便利，一副为民服务不计私利的好干部形象，小刘不禁松了一口气。一整个局，小刘的目光紧紧追随着小许，一刻也没离开过。

饭局马上就要结束了，各位领导对小许的规划十分满意，纷纷表示会对他进行支持。待送走了各位领导同事们后，有点喝多的小许叫住了小刘："兄弟，这次真的谢谢你了！待真正下了红头文件，我再好好答谢你！"小刘笑了笑："这不你说的吗，都是兄弟，生分啥？"突然，小许悄悄将脑袋凑到小刘的肩膀上，压低声音问了句："我送了你两回的茶，你明白点什么了吗？"小刘迷茫地摇了摇头，正在他有一种不好的预感涌上来的时候，他听到小许说："茶嘛，就是'察'，要让你察言观色啊，我这混上来，可不就是靠的这个技能吗？你是不知道，我当年那是给张老头子上了多少号，看了多少人家的脸色，人家一句话就给提上来了。这不？现在，咱看上头的脸色，下头看咱的脸色。说白了，就是当官的传统啊！"小刘听完脸色一白，瞳孔都不知放大了多少，而小许因为喝多没有注意到小刘的异常，继续自顾自地说着南辕北辙的话。小刘搀着他，看到自己督导组的同事走了过来。

队长老李过来拍了拍小刘的肩膀："这次卧底工作完成得不错。大老虎张国强的受贿证人又多了一个。那个小许也确实查出了问题，他上回聚会给同事们送的山药，切开里面都夹着黄金呢！别愧疚，作风不正的人，该查！"小刘看着队长关切的目光，翘起嘴角笑了笑："我明白，我只是不敢相信小许……"他的话好像没说完，又好像被散在了风里。

在移交完以张国强为首的受贿行贿案件后，小刘去监狱看了小许。至今，他都记得小许那悔恨的话语："察艺不精啊！我要是把这技艺放到百姓的身上，也不至于如此啊！"

作者简介

高钰佳，女，山西师范大学学生。

# 家·承

袅袅香火
点燃梦想星空
数不尽时空更迭

雨后晨曦
摩挲着屋檐下的烟火
越过一坎又一坎

皎洁明月
追赶着太阳
喷薄出圆的火焰

这香火，这晨曦，这明月……
走出儿时的摇篮
永远走不出这个家

——王纪峰

# 珍贵的书法

　　机关楼上的窗户快要黑成一片了，王宏才看到老婆走了出来。他拨了老婆的电话，老婆不接，却径直开着车走了。这人，说好叫我接她的，肯定又忘了。王宏开着车跟着老婆。老婆却没有朝着家的方向，而是七拐八拐地来到一个陌生的小区。她这是要去哪儿呢？王宏没有再给老婆打电话，而是悄悄地跟在后面。眼看着她走进一个楼门，在二楼的一户门前，掏出钥匙开门进去了，似乎是没有丝毫的犹豫，也不见半点警觉，就好像她开的是自家的门，是回家来了。

　　王宏傻眼了。这是谁家？她咋会有别人家的钥匙？难道她在这里跟人约会？要不然，她在这里还有一个家？她要这个家干啥？担心和疑问如按不住的皮球，按下一个，又蹦起来一个，每一个都撞得王宏胆战心惊。这些年来，老婆虽为企业高管，但一直很自律，还常常告诫他不要给别人半点送礼的由头，更不能让自己产生一丝一毫贪污的念头。王宏记得老婆每每说到清正廉洁的事情，脸面就板硬得好似一块撬不动、没缝隙、难熔化的钢板。难道，这一切都是假象？

王宏再也按捺不住，咚咚地敲门。门里安安静静。又敲，还是一片安静。分明在里面，为何不开？明摆着有鬼！怒气如蛇般嗖嗖地蹿上了他的脑门，气恼恼地想踹门，又觉不妥。他极力控制着自己的情绪，给老婆发了条微信：开门，我在门口。

"我不在家。"这条信息她倒回复得挺快。随即，又发来一条：有点事，迟回。

王宏气恼恼地戳着手机按键：我在你在的这个门口！

好一会儿，手机安静了。好一会儿，门打开了一道缝。王宏用力一推，门边的老婆一个趔趄，差点摔倒。他斜了老婆一眼，呲呲地走了进去。

房间里的摆设一点也不时新，甚至还有点暗旧，且只有两间小小的卧房。站在门口，稍微张张眼，屋里的一切都在眼里了，可王宏还是一个卧房看了，又看了另一个，还有卫生间、阳台、厨房，也都挨个地看，就连轻薄的窗帘，他也掀起来看了看。

没有人。

即便如此，王宏还是气哼哼地喝问老婆这是谁的家。

老婆却问他怎么找到这里的。老婆说：你跟踪我？

我跟我老婆算跟踪？这是谁的家？你说。王宏真的又急又气。

你以为是谁的家？老婆的语气和缓了，嘴角微微上扬，一丝不易察觉的微笑一闪而过。

王宏警觉地看看房间，斜眼问道：送你的？

老婆白他一眼，呵呵笑：我这身份就配收受这么个房子？你也太小看你老婆了吧。

王宏心里的疑虑滔滔浪浪，没心思跟她开玩笑，这到底是谁的家？你来这儿干啥？这柜子里床底下是不是藏东西了？

"啥？"老婆扭脸坐在一把暗黄的木椅上，斜眼问他。"藏下啥东西？金条，美元，还是名贵字画高档手表？"不等王宏说话，老婆的下巴点着柜子叫他打开看看，说：这里面还真藏了些贵重的书法。

柜里确实堆放着好多的卷轴。王宏不懂书法，也没心思展开看是哪位名人的字画，他的心思在老婆身上，他没有想到老婆居然专门搞了个房子来藏东西。怎么办？天网恢恢，疏而不漏啊。说服她，去找纪委坦白吧。

想到这里，王宏的眼圈红了，老婆和自己都是农民的子女，十多年的寒窗苦读，一跃龙门，到了工作单位，两个人踏实努力，兢兢业业，优秀共产党员、先进工作者的荣誉证书不知拿了多少，直到一步步走上管理岗位走到企业的高层。不容易呀。与其让组织查出，不如自己坦白。王宏觉得一分钟也等不下去了，必须马上去找纪委。

然老婆却笑了，连声说："好啊好啊，把这些书法都拿上交给纪委，保准纪委给你颁发荣誉证书呢。"

王宏一脸严肃地问老婆还有什么。

老婆却指着墙上挂的一幅书法叫他看：我最喜欢这幅了，你看它能值多少？

王宏抬眼就看见了墙上的字：名节重于泰山，利欲轻于鸿毛。当看到落款时，他的心呼嗵呼嗵跳得纷乱，翻看柜子里的卷轴，它们的作者是同一个人——老岳父，而且，上面写的都是有关廉洁奉公、不忘初心、正直坦荡之类的箴言。

"别胡思乱想了，这房子是给我爸妈租的。我给你说过的啊你个糊涂鬼忘了？我记得你还说爸妈年纪大了，在村里住着不方便，住到城里，咱也好多照顾。"

王宏诺诺道：你咋不早说？

"你给我说的机会了吗？"老婆指指房间，"再找找看有没有金条啦美元啦？"

王宏不好意思地说："我这也是担心你啊。"

老婆飞他一个白眼："你就放一百个心吧，不管到啥时候，你老婆都是行得端走得正不会给你丢脸的，何况还有老父亲的警钟。"老婆拍拍卷轴："呵呵笑，还愣着干啥，我今天来就是取这些字的，我要把这些字挂在咱家，时时警醒自己，正好你来了，抱起来回家啊。"

作者简介

袁省梅，山西省河津市人，中国作家协会会员，运城市作家协会副主席。出版有长篇小说《羊凹岭》，小小说集《羊凹岭风情》《生命的储蓄罐》《活着》《老棉袄小棉袄》。

# 娘　心

太阳又一天做完了它普照万物的功课，将坠未坠地挂在西天，在万物与它送别之时，依然显得十分壮丽。卸下繁忙公务，梁子君一口气爬上石龙山顶，俯瞰着脚下这座拥有四十多万人口的现代化城市，一种前所未有的自豪感油然而生，而且越升越高，直到强烈地撞击着他的心。远处，夕阳如火，晚霞流金，像是给这位到任不久的县委书记，描绘着一张气象非凡的宏伟蓝图，令他满身光彩。

"梁书记！"秘书小王从山下气喘吁吁地跑来了，不等梁子君看见他，便笑出一副如花之态。

"梁书记，县上开了家维也纳会所，赵总说晚上请您务必去指导指导，城建局李局长陪同。"

小王口中的赵总，是本地一位叱咤风云的开发商，知道梁子君到任，他已鞍前马后做了许多拉拢工作。但对于这位商业大亨，梁子君觉得还是要保持适当距离，便吩咐小王："晚上有应酬，告诉赵总，过几天！"

打发了小王，夕阳也渐渐落下山去，留下一道红黄橙蓝的光带飘浮在天边。天黑了，灯就亮了，梁子君看着脚下城池之中闪烁的灯火和天空来报到的无数星辰，或疏或密，或明或暗，都让他产生一种君临天下的雄伟。他下意识地摆出一个平身的手势，便踏着夜色"退朝"了。山中凉风拂面，草间百虫齐鸣，想着从此在这里可以大显身手，便让梁子君无比快意。成功，原来就是大跨步地向着自己的地盘开进啊！梁子君笑了。

可他走着走着，却发现眼前的灯火越来越远，越来越暗，脚下的路也忽高忽低，不再平坦。一股寒冷的阴气穿透骨血，仿佛不再是人间况味。梁子君掏出手机，试图要赶紧给小王拨个电话，可按下去的号码却像打开了地狱之门，两腿一软，跌进了一个无边际的深海中。梁子君在水中拼命地挥动着手臂，呼喊着，可喉咙里怎么也发不出半点声音。眼前海水咆哮，巨浪翻滚，一条条黑色蟒蛇，张着血盆大口正朝他游来……

"娘！娘救我！"惊恐之中，梁子君像个孩子一样呼唤着娘。

"梁书记！"听到声响的小王疾步从客厅推门进来，"梁书记醒醒！"看着眼前的小王，惊魂未定的梁子君，又看了看熟悉的房间，方知是一场噩梦过去。

"梁书记，您是不是想家了？要不……"没等小王说完，梁子君疲惫地摆了摆手，小王识趣地掩门而去。梁子君捂着慌乱的心口下了床，突然想起什么，跑到柜子跟前，翻出了赵总前几天为贺他到任所赠送的"大红袍"。剥开一层一层精美的包装，打开铁盖，一沓一沓的红色钞票，赫然出现在眼前。梁子君眉心一皱，又放回了原处。他急切地掏出一根香烟点上，驱逐不尽的惊悸，仿佛又在房间蔓延，梁子君不停地踌躇着……

不等天亮，梁子君便独自驾车回家了。对于刚才的梦，梁子君觉得非比寻常。他要回去看看老娘才踏实。这些年，梁子君凭着自己的努力，眼看着从乡长、局长、县长，到如今的县委书记。梁子君很感谢娘。爹走得早，是娘的鼓励和坚持，才让他顶着贫穷的压力完成了学业。为了给他积攒学费，印象中的娘，总是挎着采药布袋，没日没夜地跑，漫山遍野地跑……现在日子好了，梁子君很想让娘到城里住，可倔强的娘非守着乡下那座老院子。这让出入风光的县委书记倍感无奈。

车子一路走走停停，梁子君回到家时，已过晌午。家门锁着，他习惯地伸手一摸，就从旁边小洞掏出了钥匙。这是他和娘多年的秘密。院里青葱正绿，菜花正黄，娘泛白的衣服还晾在院里。梁子君看了半天，又推门回到屋里。娘的生活还是那么俭朴，锅碗瓢盆，床单被褥，一件没增，一件没减。梁子君抚摸着这里的一切，像抚平了所有的恐惧，他坐在娘的床边，无比安宁。

"君君，是你回来了吗？"娘高兴的声音传来，梁子君几步就跨到院里抱住了娘。对娘的情感，他从来没有像今天这般强烈。

"臭小子，回来也不告诉娘！"七十多岁的娘作势打了梁子君的屁股。

"时间紧，顺路回来的。"

"村里演戏，娘要知道你回来就不看完了。不过人家演得实在好，乡亲们手都拍红了。你饿了吧？娘这就给你包饺子！"娘边说边就往外走。梁子君忙拽住娘说：

"我不饿，就想和你说会儿话，很快要走的。"娘失落地在儿子身边坐下来。看着皱纹又深了的儿子，娘的眼眶湿润了。她拍着梁子君的手哽咽说：

"好好干，娘为你高兴！"

"嗯，很好的一个县城，过一段接你去看看。"

"我都知道了，满村人都夸你呢！"娘骄傲地说："君君，不过娘要告诉你，官当得越大，'敌人'就会越多，这敌人不是日本鬼子拿着刺刀枪炮，而是让你看不清辨不明的笑面鬼，娘可告诉你，不干净的钱咱一分也不拿，对不起共产党和老百姓的事儿咱丁点不做！不贪污、不收礼能饿死的官，娘还没见过，但因为贪污收礼而家破人亡的，世上可不少！"

梁子君点了点头。

"这些年，你起来了，外头的人也巴结我，有送吃喝的，有来干活的，但娘都给他们钱，不落话柄。前一段，有个老板给咱家送来一沓钱，搁下就走，我追不上他，急得把钱顺他脚后跟扔。君君，你在外面安心工作，娘不会给你惹乱子。"

正在这时，门外一阵嚷嚷，原来是乡亲们来看望令他们骄傲的县委书记。他们提着鸡蛋，裹着核桃红枣，巴巴想让再三推让的梁子君收下。

这时候，娘突然站起来，用她瘦弱的身子给乡亲们鞠了个躬，缓缓说："君君，当着娘的面，这些东西你收下，但娘也要当着乡亲们的面，替你表个态。"娘说完，转身走到墙角一个木箱前，拿出了一个笔记本里夹着的几页纸，回到乡亲们跟前，小心地将纸展开，念出：敬爱的党组织，我叫梁子君，今年十八岁，是南山一名贫困生，今天，我郑重地向党组织申请，加入中国共产党，全心全意为人民服务，不忘初心……娘苍老的声音，唤起了梁子君从前的岁月。这是他入党申请时的一封草稿，字里行间，信念如铁。

梁子君走了，带着乡亲们的期望和娘的心，在蜿蜒的道路上车轮飞转。一场戏的落幕，可以获得满堂喝彩，而我们这些拿着国家俸禄的官员呢？能不能在离任之后，对着党，对着人民拍着胸口坦荡荡？梁子君突然踩住了刹车，像在错误的道路上得以反转。他拿起了电话：喂，是纪委吗？我是梁子君……

**作者简介**

师郑娟，山西垣曲人。

# 清明的风

清明，他回村上完坟，一向不屑游玩的老爸执意要跟他一起进城去逛。

一路上，他不停地接电话，心里乱糟糟的，没来得及细想爸反常的原因。

爸，你想去哪儿？

南湖公园背面，你陪我从那条小路上山去。

那儿有啥看头啊，我今天还有点事，要不明天……

不行。

他还想劝爸不要去了，他确实有事，可是看爸硬撅撅的脸、扁扁嘴，没再说话。毕竟爸从来没对他提过这样的要求。

身材瘦小的爸和体态臃肿的他，一前一后沿着蜿蜒曲折的山路往山顶走，只是他还是纳闷：爸到底想看啥？还没走到山腰，他头上就渗出一层细细密密的汗珠，抬脸看爸时，却见爸甩着手臂，一步步走得是又稳又快。

时值暮春，山上的草木生机盎然，绿意葱茏，绿树掩映间是一座座矗立的墓碑。

他顿时觉得扫兴。看啥不好呢，来坟地游玩？他就喊爸，说市里刚建了一个公园，有山有水，有各种花木和亭台楼阁，风景很不错。要不，咱去看看？

不去。爸态度决绝，一步不停地往上走。

他呼哈呼哈地喘着气，劝爸不早了，到了山顶天就擦黑了，要不咱明天再来。他是真的有事啊。

然而爸不理会，他心里不乐地嘟囔着，也只能跟着爸走。

绕过一道弯，周围空出了不大的一块地方。爸突然停下来，转过来指着身后告诉他：哪天我死了，你就把我埋这儿。

啥？你之前不是说要回村里陪爷奶，怎么又改变主意了？

爸不理他，一直地看着前方，他随着爸的目光看到层层叠叠的绿，随风摇曳着，仿若怀抱着山，让人觉得宁静怡然，倒是做墓地的好地方。他正寻思着爸的想法，手机响起来了。他扭身到离爸几步远的地方，对着手机压低声音说：孙老板，我暂时抽不开身，你再等一会儿。说完挂了电话。

他要催爸走时，爸过来继续说：这事我想好了，不用你管，我的积蓄付得起。

爸，看你说的啥话，你先说为啥选这里不回村了。

这有啥好说的，我喜欢这个地方，山清水秀的。

"丁零零……"兜里的手机又响起来了，他走开掏出手机，是媳妇。媳妇嚷道：你咋回事？机不可失，赶紧回来！他抬头想催促爸回去，他真的有急事。他说：改天吧，这事又不急。

咋不急？有什么事能比得过生死？爸慢条斯理地说。

媳妇的电话又来了，他看了一眼，没接，却收到一条短信，先是一串串问号，"人家孙经理要走了。"接下来是一连串气急败坏的表情。

自从金地大厦公开招标，孙经理除了三天两头打电话，还不时登门，烟酒字画什么都送，彻底搅开了他心里的那摊水。今天是最后期限，孙经理急，他不急？爸却不放他走，依然自言自语着：这儿我来过多次，就喜欢这儿，我死了埋到这儿才安稳。

他已经没有耐心听爸的唠叨了。这几年，爸真的是老了，一见面，就叨叨个没完，无非就是要他踏踏实实堂堂正正地做人做事。外面的世界有多复杂，做事有多不容易，爸知道？一直以来，他谨遵父命克己奉公，与别人纸醉金迷的奢侈生活相比简直天上地下，这么些年过去了，他们不一直逍遥着？他心不甘啊。

他说：爸，真有急事要走，改天咱来，你说啥就啥。不等爸说话，他转身就要往山下走，脚下的一块石头没踩稳，他趔趄了一下差点摔倒。爸一伸手扯住了他的胳膊，说道：每一步都要小心啊，不然就惨了。爸的手还真有力气啊。他稳稳地站住了，那块石头却顺着坡势咕噜噜滚到深沟里去了。

他看着爸，爸也看着他。他突然觉出来爸话的意思。脚下稳了，心里却突突突突地跳得纷乱。蠕蠕唇，想要跟爸说些啥时，突然，一声声号子声传了过来。猛然想起不远处有所监狱。

犯人在集合。爸说。

他"嗯"了声，心里却敲开了鼓。爸用心良苦啊！

爸不再走了，他也不催促爸了。他就站在爸的身边，听那号子声似乎是一声比一声嘹亮了。一阵微风拂过他的脸，吹出好远好远。

**作者简介**

　　王好桃，山西省稷山县化峪镇宁翟堡村人。

# 无言的嘱咐

山牛大学毕业，考上了公务员，明天要去省城上班了。

在这偏僻的小山村，无疑是天大的事，产生的轰动效应相当于扔下了一颗原子弹。

这天晚上，家里喜气洋洋，热闹非凡。贺喜的亲戚朋友同学能来的都来了，村民更是济济一堂，像赶集一样，来的来走的走。家里摆了流水席，大家可以随便吃随便喝，因此，不知做了几次饭炒了几回菜泡了几壶茶递了几包烟开了几瓶酒，家人不停地迎来送往，忙得是晕头转向。

近十一点钟，人群陆续散去，家里也渐渐地平静下来，围坐在桌前的只有八九个人。这时，村里德高望重的三叔公说话了："山牛，你真不简单，考上公务员还进了省城这么重要的部门，不要几年肯定能高升，只要听领导的话，放机灵一点，今后进京城当官都完全有可能。"

村民小组长根生说："山牛，你家有当官的风水，是祖坟修得好。你爷爷在国民党的村公所干过事，你父亲当过股长，你也肯定不会差，局长、市长都有希望，到时可要多多关照哟。"

山牛姐夫说："俗话说，大树底下好乘凉。山牛，你当了官，有权有职时，我有两个要求：一是你那两个外甥若是读书读不出头，帮他们走出这穷山沟，在外面找点事做，混碗饭吃；第二我是做泥水的匠人，如果哪里有建筑方面的工程，给我包一点就行了。"

山牛父亲坐在一旁的矮椅子上，低头默不作声。三叔公见了，冲他说："寿生，你怎么回事？儿子光宗耀祖的大喜事，也该说点什么嘱咐嘱咐呀。"

山牛父亲猛地吸了几口烟，从鼻孔、嘴里喷出后，突然站起身，进房间去了。

大家莫名其妙，个个面面相觑。但很快，山牛父亲又出来了。他把一个小的白布包交到儿子手里，随后睡觉去了。

山牛诚惶诚恐，小心翼翼打开白布包，里面折着一张纸，摊开来一看，不由得浑身一颤，那是十五年前父亲的刑满释放证明书。

作者简介

邱朝平，江西赣县人。

# 大　礼

市委综合科副科长田有根，被任命为青阳镇党委书记，这对综合科来说，是件大事喜事。科长宣布：全科干部 AA 制，晚餐鸿运酒楼，为田书记饯行。田有根说：谢谢科长，心意领了，大家赶快回家吧，老婆孩子还等着你们回家吃饭呢！大伙儿说：那咋行，大家共事一场，这份情义还得有。说完拽着他走出办公楼。

"我要飞……"手机铃声响起，田有根打开手机一看，是父亲打来的，忙说，不好意思，接个电话。边跟大家打招呼，边接听电话：什么？爸，您别着急，我马上回来。回头对科长说，我爸来电话，爷爷病了，我得马上回去！对不住大家了，后会有期，后会有期。拱手告辞，转身上车回家了。

田有根跟爷爷感情深。田有根小时候，爸妈在边远部队服役，把他送给爷爷奶奶带着。爷爷离休了，可奶奶走了。爷爷带大了他。一听爷爷病了，他就着急。踏进家门，他就"爷爷、爷爷"地喊。

"哎！"听见爷爷在客厅应声，打眼一瞅，爷爷红光满面，正与爸爸在说笑呢！田有根不解：不是爷爷病了吗？爸笑着说，不说爷爷病了，你能这么快赶回来？人家有正经事儿呢，田有根说。什么正经事儿，不就是聚个餐饯个行嘛，让同事们破费。今儿个咱在家吃，爷爷要祝贺你荣升新任！爸爸说。哎哟喂，这俩老军人，真神算，演了一出调虎离山，还要再演一出暗度陈仓！田有根想。爸爸笑着说，你升职了，爷爷爸爸很高兴，想送份大礼给你！给我送大礼？田有根说。他纳闷儿：怎么回事，送什么大礼，莫不是爷爷爸爸在青阳镇有人情私事相托？我还没到职，八字没一撇呢！再说，自家人也不得行贿受贿呀！他跌进了云里雾里。

不一会儿，媳妇和女儿也来了。吱，这阵势，把能说上话的人都请来了，看来真是有事儿。咋啦，逼上梁山啊！田有根猜想。上酒菜，六凉六热。他为爷爷爸爸妈妈斟上了酒，试探着说：敬爷爷爸爸妈妈一杯酒，孩儿有今天，感谢生育之恩，培养之德，教诲之意，把舵之严，有事儿尽管吩咐，孩儿竭尽全力！爷爷说：别贫！我孙儿有出息，我们高兴。论功德，重在党的培养，社会的正义。应感谢如今这个好时代。我提议，先为我们这个好时代干杯。大家齐声响应：好，好，好！

爷爷今年八十有八，是位早年离休的老革命，耳聪目明，思路清晰。以前，每次回家，爷爷总是该如何如何地要教导一番。今日爷爷却借着酒兴，回忆起了他的光荣历史：爷爷的爸爸妈妈在抗日战争中光荣牺牲了。爷爷十二岁跟着队伍参加了革命。爷爷讲话爱说三个字：那会儿。爷爷说，辽沈战役那会儿，部队日夜奔袭合围锦州，到得锦州大家又渴又饿又累，看见老百姓树上的苹果，馋得直流口水，可没有人去摘；淮海战役那会儿，班长不小心打破了老百姓一个碗，硬是赔了一块银圆。老百姓很感动，支前的手推车队伍前不见头后不见尾；过江战役那会儿，沿江的渔民把自家的渔船都给了我们，还帮我们掌舵摇橹。什么是江山呀，江山是老百姓啊！是啊，爸说。爸爸部队转业后从了政，五年前就退了。他说：我们那时候，下乡在老百姓家吃顿派饭，要交粮票和伙食钱；兴修水利打拦水坝，与农民兄弟一起一夯一夯地打。今天的日子不就是这么夯出来的呀！田有根又纳闷儿了：从参加工作起，爷爷看着他，爸爸盯着他，不容他走歪一步，提醒教诲不断。今天这是怎么啦！没有贺词，没有教诲，也不说有什么事相托，却讲起过去的老故事来，不知这两位老革命葫芦里卖的啥药。他用眼神询问妈妈，妈妈笑了笑，很神秘。

说话间，爸爸起身去了书房，回来时，手里捧着一个红丝绢布包。爸爸说，儿子，你成长了，爷爷爸爸妈妈为你高兴，祝贺你的升迁。爷爷和爸爸送你一份大礼，这份大礼是市委党校送你爷爷的，我转业后你爷爷又送给了我，我们照着他干了一辈子革命工作，它成了咱们家的传家宝。明儿个你就要主政一方，爷爷和我决定把它转送于你，愿你也照着它干，不辜负组织和百姓的期望。说着，打开红布包，一本毛边发黄的《为人民服务》单行本闪亮在眼前！田有根一下明白了爷爷爸爸的良苦用心，两只眼睛湿润了，媳妇和女儿也鼓起掌来。

"我要飞……"手机铃声又响了。这回是青阳镇李镇长打来的。他说明天中午在镇上最好的酒楼订了欢迎酒宴，为田书记接风，大伙儿 AA 制的，不知田书记何时过来，好派车去接。镇里准备组织各室办中心的干部列队欢迎。通话内容全家人都听到了，大家盯着田有根看。他当即回话：酒宴取消，欢迎取消！明儿一早，我自驾车去报到！

作者简介

梁有劳，笔名：晴空万里。陕西籍。作品散见于《微型小说选刊》《中国应急管理报》《山西文学》《河南文学》《渤海风》《澳华文学》《大风》《古魏文学》等报刊和网络平台，曾获2020年金雀坊优秀作品奖；2020年《百姓作家》优秀作品奖。

# 一封信的重量

　　蜿蜒曲折的中条山上，火红的晚霞布满天空，落日正光芒四射地下沉。屋檐两旁布满金色的余晖，父亲坐在木质板凳上，他的脸部肌肉在黄昏的映照下产生不自然的抽搐。这个一如既往的闷热的夏天，对于我来说却是改变命运的季节，当我们一家人仍然沉浸在收到大学录取通知书的喜悦中时，是否举办升学宴这个问题却产生了不小的分歧。当母亲和我兴致勃勃地对父亲提议举办升学宴以示庆祝时，却被父亲无情拒绝，因此，母亲和父亲之间爆发了激烈的争吵。在争吵爆发之前，我不断地想象在宴会中自己面对亲戚和朋友时的骄傲与神气，并因此产生了巨大的虚荣感，然而我短暂的虚荣心因为现实中父亲的强烈反对变成了巨大的受挫感，此时父亲依然坐在板凳上不为所动。我不知道父亲在想什么。

　　我将自己锁在房间里，满腹委屈地站在窗前，想到父亲的不近人情，胸中像是堵了一块石头。父亲是县城一所乡镇高中的老师，1992 年从师范中专毕业以后，分配到现在所任教的高中，一直工作至今。我所在的高中是县城最好的高中，实行每周寄宿制，在我中考那年，原本有机会调到我所录取的高中的父亲，主动放弃名额。因此，我的高中时期很少有父亲的陪伴。如今我终于考上了大学，可父亲却无法满足我一个小小的虚荣心。随着父亲和母亲争吵的继续，我的受挫感在急剧地增加。

我看到窗前的黄昏正逐渐消失，夜色逐渐降临。一段时间以后，我终于听到母亲和父亲之间停止了争吵。我意识到事情有了最后的结果，当我充满期待地走到母亲的身边时，看到母亲无可奈何的表情，我意识到自己的期望已经落空，我听到母亲用略带愧疚的语气说：儿子，咱们考上大学已经是对自己最好的证明，这顿饭咱们不吃也损失不了什么。我耸了耸肩，脚步缓慢地重新走向房间，将房门紧锁后，爬上床，裹着被子流下伤心的泪水。

第二天，我接到朋友冯飞的电话。冯飞用喜悦的语气告诉我：明天是我的升学宴，你来参加吧。在冯飞高兴的口吻中，我想象着在明天他的表情是怎样的骄傲，面对亲戚和朋友他将如何心满意足地接受称赞。我回答冯飞：谢谢你的邀请，我会来的。挂掉电话之后，我感到一阵失落。此时已是中午，阳光透过窗户落在木地板上，发出刺眼的光亮。这时下班的父亲走进房间里，我将冯飞邀请我参加宴会的事情告诉父亲，父亲打开手中的茶杯，斑驳的杯壁透露出岁月的痕迹。父亲抿了一口杯中的茶水，说：冯飞很珍视你们的友谊，你去参加吧。说完之后，父亲径直走向了厨房，开始做饭。我心中的期望再次落空。一段时间以后，父亲做好了饭，此时母亲仍然在工厂加班，于是我和父亲坐在了饭桌前。饭桌上的父亲神情严肃，透露出一丝威严。我只顾吃着碗里的饭菜，一言不发，在一片沉默之中，我们吃完了这顿饭。

翌日，我如约赶往冯飞的宴会，我看到冯飞拿着话筒兴高采烈地发表感言，我看到每个人都对他致以亲切的微笑。在亲眼见证了冯飞的风光场面后，我的嫉妒心达到了顶峰，与此伴随的是巨大的失落感。于是在宴会结束之后我很快回到了家中，此时母亲正在水池边洗着衣服，我露出不悦的神情，母亲对我说：你父亲也有自己的难处，他是一名党员，咱们要理解他。事实上，从一开始我就知道父亲的难处，可我仍然为父亲的不敢冒险而生气，我有时甚至觉得父亲是懦弱的，为什么冯飞的父亲是党员，可冯飞仍然能收获属于自己的升学宴？我噘了噘嘴，对母亲说：我无法理解。

周六的早上，我起床以后走到客厅。没有像往常一样看到父亲的身影，我走到沙发前躺下，发现茶几上放着一页叠好的稿纸，纸上的字清秀隽丽，我一眼认出是父亲的笔迹。我所在的县城是有名的中国书法之乡，父亲从小就写得一手好字。我将纸页打开，上边写着：

儿子：

考上大学是你人生中第一件重要的大事，我和你妈都为你感到高兴，咱们家终于有了第一名大学生，这是一件值得庆贺的事。但是我知道你最近几天心情不太好，因为我没有同意你们举办升学宴的提议。升学宴的出发点是好的，对于你的成长也有重要的纪念意义，可是升学宴容易变成人情宴，有了人情之后，腐败就有了导火索。1994年，在我工作的第二年，我正式加入了党组织，我仍然记得你祖父在我入党那天说的话，他说：孩子，入党之后，就要听党的话、跟党走。因此，爸爸始终不同意你提出的升学宴。爸爸首先是一名党员，更是一名人民教师，所以对自己的要求更加严格。爸爸有时很愧疚，因为从事乡镇支教工作，缺席了你高中三年的成长，错过你青年时期的成长阶段，希望你能理解爸爸。明天晚上，我们一家三口一起出去吃顿好的，一起纪念这个重要的升学时刻。

顺祝学习进步！

读完纸上的文字，我从沙发上站起来，又再一次缓慢地读了一遍手中的信，信中的文字将我拉回到了少年时的记忆：那个经常加班、找不见人的父亲，那个每到周末就骑着摩托车去村子里家访的父亲，那个到了暑假会免费为同学补课的父亲。这些记忆一齐出现在了我的脑海中，它们会同我手中的文字一道，使我忽然之间体会到了父亲长久以来所坚持和奋斗的东西。我将信件重新折叠起来，放到了抽屉里，我找到了一份新的稿纸，我将要写一封回信。在明天的家庭宴会上，我要将回信亲手交给父亲，告诉他，他的孩子在读到这封信之后的成长。

**作者简介**

樊衍，男，2000年9月生，山西省芮城县人，有小说发表于《青年作家》《百花园》，曾获2020年国家税务总局安徽省税务局税收宣传征文比赛二等奖。

# 一碗长寿面

农学院毕业的李孝顺婉言谢绝了留在省农科院工作的机会，回到了小山村陪伴母亲。

李孝顺五岁时父亲去世，母亲拉扯他读完大学。小时候他看到母亲一个人流泪，就会依偎在母亲怀里，擦去母亲脸上的泪水，仰着小脑袋说：妈妈，等我长大，给你买好吃的，让你吃个够。

李孝顺租下了小山村荒废的一个小山坡，充分利用在农学院学习的养殖专业知识办起了一个养鸡场。功夫不负有心人，养鸡场给李孝顺带来了丰厚的回报，成了小山村第一个万元户。接着又当了村主任。

有了钱的李孝顺在自家的老宅上翻盖了三间红砖瓦房，买了一台黑白电视机。五月十八日这一天还为母亲办了五十岁生日寿宴，小山村的乡里乡亲几乎全来了，中午一拨晚上一拨整整三十桌。送走了客人的李孝顺问妈妈今天开不开心。妈妈笑着说：开心，开心。李孝顺说：只要妈妈开心那以后每年都办一次。

后来，李孝顺的鸡场规模越变越大，他优先录用了村里有劳动能力的残疾人到鸡场务工，还吸引了不少外出务工的村民回到养鸡场上班。这件事还上了当地的报纸。

李孝顺成了当地的名人，后来被乡政府作为唯一村干部人选，参加县里公开选拔乡镇干部的招聘考试。经过综合考核，最终李孝顺被组织部门任命为副乡长。

官做大了自然巴结的人也就多了，老太太生日那天有乡村干部、企业老板、好多小商小贩都来了，礼簿上的名单记满了厚厚三大本。

晚上老太太叫来李孝顺说：你要是真的孝顺我，以后就不要举办寿宴了，我不想晚年失去我的儿子。李孝顺听得一头雾水。母亲说：儿子你真的要好好学习了。

又到了母亲的生日，李孝顺给母亲做了一碗长寿面。母亲笑了：这碗面是你最大的孝心。

**作者简介**

刘方，笔名：糊涂一郎，江苏淮安人。中国微型小说学会会员、中国寓言文学研究会会员，中国闪小说专委会会员，江苏省淮安市作家协会会员。作品散见《中国教师》《小小说月刊》《参花》《青春岁月》《百花园》《鸭绿江》《今古传奇》《青年文学家》《精短小说》《小小说大世界》等国家级、省级报刊。作品收录于《2020 中国精短小说年选》《今古传奇 2020 年度微篇小说卷》。

# 其实，我们都是赶路人
## ——编后的话

　　微笑着的你，总是那样，让人感觉到温暖的踏实，没了距离。正如，都说你是一个佩剑的人，你却总说自己是一个给人看病的人，一个护林的人，一个播种的人，一个打铁的人，一个赶路的人。

　　那是因为，你始终坚信，严是爱的颜色，爱是严的温度。

　　战士的天职，就在于，冲锋号起，策马扬鞭，蹄疾步稳，剑之所指，去腐生肌。

　　你自视杏林中人，不论望闻问切治未病，还是刮骨疗毒医重疾，总以赤诚相叩，大爱暖心。让病树回春，让沉舟扬帆，让暗淡的灵魂重新燃烧、绽放，让圣洁的蓝天更加寥廓、芬芳。

　　发令声响，每次奋起，都是一道印痕深深的淬炼，都是一次冰火洗礼的跨越，都是一场落地生根梦中升华的飞翔。

　　而栉风沐雨忘我的你，又像一柄擎天的伞，随时准备为浃背流汗的人拭干一双泪眼。

　　捧着颗虔诚的心，着意青山碧水，魂追源头活水，让几多早的文化风景，在传承拓攀中蝶变为新的廉字地标。携清风拥抱未来，让清正廉洁的种子，在孩子幼小的心灵中发芽长大，让青春激扬的梦想写满诗和远方。

　　一任岁月吹去风中的尘埃，无奈并非无情，埋怨怎怨埋头！

不怕吃苦受累，唯惮枯木逢春花不开。相信，只要心中有绿洲，就无惧沙漠在脚下。

夜深了，灯下不知苦乐的你，却追逐着心中的太阳，关注着百姓的关注，牵挂着大家的牵挂。

你说，利剑倚天，岂能生锈蒙尘！打铁的人，就得钢浇铁铸，金身不倒。让关公之忠勇深入骨髓，让百折不挠的黄河之魄充盈血液，让欲穷千里目的渴望尽情发酵、释放。激浊扬清中净化迷途的落单，滴水涌泉的现实中寻找善良的栖息，刀刃向内滚石上山中浴火重生。

谁说上马就不能提笔，打铁就不会绣花？一旦百姓有烦、企业逢忧，你总是用真格的行动诠释何为第一时间。当眼巴巴地看着一场连绵的秋雨浸淫万亩枣园上千户枣农的心时，你默默地，红了眼睛，一首《红枣泪》，溅湿了心爱的日记。

先天下，大者为重，厚德上善。无畏，不知我者谓我何求；无怨，一厢情愿之镜花水月；无悔，不舍昼夜之衣带渐宽；无闻，东边西边道是无晴却有晴；无羁，沧桑正道笑傲大河东去……

于是，每次看大河，眺望着遥远的东方，无言的你，就像岸边一棵迎风而立的小树，默默倾听着滔滔河水不尽的诉说……

心跳，感动着远处巍巍的高山：一个赶路的人，梦在行囊，不问归期。

你，是你，是我，是他。感恩伟大的时代，珍爱美丽的春天，心怀敬畏，脊梁写满起舞的日子。

我，我们，一个，一个，一个……迎着太阳，向前，向上，向善，向着最美好的方向！

王纪峰

2022 年 4 月 5 日夜于魏城

## 图书在版编目（CIP）数据

风起于青蘋之末：全国廉政主题微小说大赛获奖作品辑／王纪峰主编．— 太原：北岳文艺出版社，2022.5

ISBN 978-7-5378-6540-1

Ⅰ．①风… Ⅱ．①王… Ⅲ．①小小说—小说集—中国—当代 Ⅳ．① I247.8

中国版本图书馆 CIP 数据核字（2022）第 050763 号

# 风起于青蘋之末：

## 全国廉政主题微小说大赛获奖作品辑

王纪峰 / 主编

| | |
|---|---|
| **出品人**<br>郭文礼 | 出版发行：山西出版传媒集团·北岳文艺出版社 |
| | 地址：山西省太原市并州南路 57 号　邮编：030012 |
| **选题策划**<br>贾江涛 | 电话：0351-5628696（发行部）　0351-5628688（总编室） |
| | 经销商：新华书店 |
| **责任编辑**<br>贾江涛 | 印刷装订：山西人民印刷有限责任公司 |
| | 开本：787mm×1092mm　1/16 |
| **书籍设计**<br>张永文 | 字数：180 千字 |
| | 印张：16.25 |
| | 版次：2022 年 5 月第 1 版 |
| **印装监制**<br>郭 勇 | 印次：2022 年 5 月山西第 1 次印刷 |
| | 书号：ISBN 978-7-5378-6540-1 |
| | 定价：58.00 元 |